CB072047

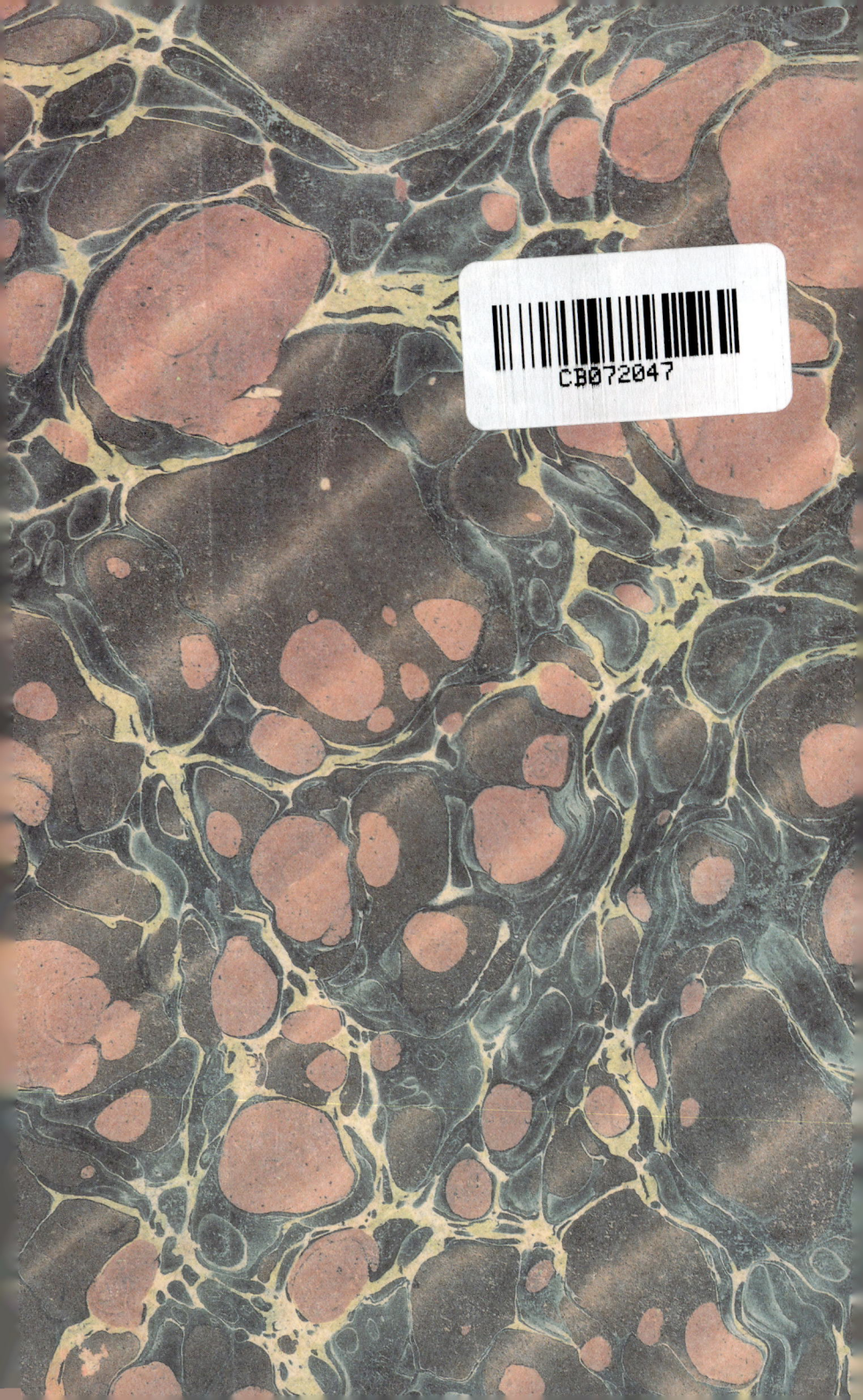

EDIÇÃO FAC-SIMILADA DA OBRA DE
ANTÔNIO DE ALCÂNTARA MACHADO

1. PATHÉ-BABY
2. BRÁS, BEXIGA E BARRA FUNDA (1927)
3. LARANJA DA CHINA (1928)

# LARANJA DA CHINA

EDIÇÃO FAC-SIMILADA DA OBRA
ANTÔNIO DE ALCÂNTARA MACHADO

# 3.

*Edição Fac-Similar
Comemorativa dos 80 anos
da Semana de Arte Moderna
(1922-2002)*

Capa
CLÁUDIO MARTINS

**LIVRARIA GARNIER**
BELO HORIZONTE
Rua São Geraldo, 53 — Floresta — Cep. 30150-070
Tel.: 3212-4600 — Fax: 3224-5151
RIO DE JANEIRO
Rua Benjamin Constant, 118 — Glória — Cep.: 20241150
Tel.: 3252-8327

ANTÓNIO DE ALCÂNTARA MACHADO

# LARANJA DA CHINA

**LIVRARIA GARNIER**

118, Rua Benjamin Constant, 118 | 53, Rua São Geraldo, 53
Rio de Janeiro | Belo Horizonte

2002

Direitos de Propriedade Literária adquiridos pela
**LIVRARIA GARNIER**
Belo Horizonte - Rio de Janeiro

**Impresso no Brasil**
*Printed in Brazil*

# ANTÓNIO DE ALCÂNTARA MACHADO

## LARANJA DA CHINA

**1928**

# LARANJA DA CHINA

DO AUTOR:

PATHÉ-BABY (viajem) - 1926
BRÁS, BEXIGA E BARRA FUNDA
(notícias de S. Paulo) - 1927


EM PREPARAÇÃO:

ESTILINGUE (artigos)
CAPITÃO BERNINI (romance)
CAVAQUINHO (solos)
LIRA PAULISTANA (coleção de modinhas)

# LARANJA DA CHINA

ANTÓNIO DE ALCÂNTARA MACHADO

SÃO PAULO 1928

**PARA
ALCÂNTARA
MACHADO
FILHO**

# O REVOLTADO ROBESPIERRE

(SENHOR NATANAEL ROBESPIERRE DOS ANJOS)

# LARANJA DA CHINA

Todos os dias úteis ás dez e meia toma o bonde no largo de Santa Cecília encrencando com o motorneiro.

— Quando a gente levanta o guarda-chuva é para você parar essa joça! Ouviu, sua besta?

Gosta de todos aquêles olhares fixos nêle. Tira o chapéu. Passa a mão pela cabeleira leonina. Enche as bochechas e dá um sôpro comprido. Paga a passagem com dez mil réis. Exige o trôco imediatamente.

— Não quero saber de conversa, seu galego. Passe já o trôco. E dinheiro limpo, entendeu? Bom.

Retem o condutor com um gesto e verifica sossegadamente o trôco.

— O quê? Retrato de Artur Bernardes? Deus me livre e guarde! Arranje outra nota. Levanta-se para dar um geito na cinta, chupa o cigarro (Sudan Ovais por causa dos cheques), examina todos os bancos, vira que vira, começa:
— Isto até parece serviço do governo! Pausa. Sacudidela na cabeleira leonina. Conclue:
— O que vale é que os homens um dia voltam...
Primeiro sorriso aparentemente sibilino. Passeio da mão direita na barba escanhoada. Será espinha? Tira o espelhinho do bolso. E' espinha sim. Porcaria. Segundo sorriso mais ou menos sibilino. Cara de nojo.
— Não sei que raio de cheiro tem êste largo do Arouche, safa!
Vira a aliança no seu-vizinho. Essa operação deixa-o meditabundo por uns instantes. Finca o olhar de sobrancelhas unidas no cavalheiro da esquerda. Esperando. O cavalheiro afinal percebe a insistência. E' agora:
— Perdão. O senhor leu a última tabela do Matadouro? Viu o preço da carne de lei-

tão por exemplo? Cinco ou seis ou não sei quantos mil réis o quilo!
Não espera resposta. Não precisa de resposta. Berra no ouvido do velho da direita:
— E' como estou lhe contando: o quilo!
Quási despenca do bonde para ver uma costureirinha na rua do Arouche. As pernas magras encolhem-se assustadas.
— O cavalheiro queira ter a bondade de me desculpar. São os malditos solavancos desta geringonça. Um dia cai aos pedaços.
Dá um tabefe no queixo mas que dê mosca? Tira um palito do bolso, raspa o primeiro molar superior direito (se duvidarem muito é fibra de manga), olha a ponta do palito, chupa o dente com a ponta da língua (tó! tó!), um a um percorre os anúncios do bonde. Ritmando a leitura com a cabeça. Aplicadamente. Raio de italiano para falar alto. Falta de educação é cousa que a gente percebe logo. Não tem que ver. O do ODOL já leu. Estava começando o da CASA VENCEDORA. Isso de preço do custo só engana os trouxas.
— O' estupidez! O senhor já reparou naquêle anúncio ali? Bem em cima da mu-

lher de chapéu verde. CONCERTA-SE MÁQUINAS DE ESCREVER. ConcerTA-SE máquinaSSS! Fan-tás-tico! Eu não pretendo por duzentos réis condução e ainda por cima trechos selectos de Camilo ou outro qualquer autor de pêso, é verdade... Mas enfim...
E' preciso um fêcho erudito e interessante ao mesmo tempo.
— Mas enfim...
A mão procura inutilmente no ar dando voltinhas.
— Mas enfim... seu Serafin...
Fica nisso mesmo. Acerta o cebolão com o relógio do largo do Municipal. Esfrega as mãos. O guarda-chuva cai. Ergue-o sem geito. Enfia a cartolinha lutando com as melenas. Previne os vizinhos:
— Êste viaduto é uma fábrica de constipações. De constipações só? De pneumonias mesmo. Duplas!
Silêncio. Mas eloquente. Palito de fósforo é bom para limpar o ouvido. Descobre-se deante da Igreja de Santo António.
— Não está vendo, seu animal, que a mulher não se sentou ainda? Aprenda a tra-

tar melhor os passageiros! Tenha educação! Cumprimenta rasgadamente o doutor Indalécio Filho, sub-inspector das bombas de gasolina, que passa no seu Marmon oficial e não o vê. Depois anota apressadamente o número do automóvel no verso de uma cautela do Monte de Socôrro do Estado.

— O povo que sue para pagar o luxo dos afilhados do governo! Aproveite, pessoal! Vá mamando no Tesouro enquanto o povo não se levanta e manda vocês todos... nada! Mas isto um dia acaba.

Terceiro sorriso nada sibilino. Passa para a ponta. Confirma para os escritórios da I. R. F. Matarazzo:

— Ora se acaba!

Outro cigarro. Apalpa todos os bolsos. Acende-o no do vizinho. E dá de limpar as unhas com o canivete de madrepérola. Na esquina da rua Anchieta por pouco não arrebenta o cordão da campainha. Estende a dextra espalmada para o companheiro de viajem:

— Natanael Robespierre dos Anjos, um seu criado.

Desce no largo do Tesouro. Faz a sua fezinha no CHALET PRESIDENCIAL (centenas invertidas). Atravessa de guarda-chuva feito espingarda o largo do Palácio.

E todos os dias úteis ás onze horas menos cinco minutos entra com o pé direito na Secretaria dos Negócios de Agricultura e Comércio onde há vinte e dois anos ajuda a administrar o Estado (essa nação dentro da nação) com as suas luzes de terceiro escriturário por concurso não falando na carta de um republicano histórico.

# O PATRIOTA WASHINGTON

(DOUTOR WASHINGTON COELHO PENTEADO)

L A R A N J A   D A   C H I N A

O sol ilumina o Brasil na manhã escandalosa e o doutor Washington Coelho Penteado no rosto varonil. Há trinta e oito anos Deodoro da Fonseca fundou a República sem querer. O doutor pensa bem no acontecimento e grita no ouvido do chofer:

— Toca pra Mogi das Cruzes!

Minutos antes arrancara da folhinha do EMPORIO UCRANIANO a folha do dia 14. Cercado pelos filhos escrevera a lápis azul na do dia 15: Viva o Brasil! E obrigara o Juquinha a tirar o gorro marinheiro porque ainda não sabia fazer continência.

Muitíssimo bem. Agora segue de Chevrolet aberto para Mogi das Cruzes. Algum dia

ANTÓNIO DE ALCÂNTARA MACHADO

no mundo já se viu uma manhã tão linda assim?
Eta Brasil.
Eta.

Na lapela uma bandeirinha nacional. Conservada ali desde a entrada do Brasil na grande conflagração. Ou bem que somos ou bem que não somos. O doutor é de facto: brasileiro graças a Deus. Onde desejava nascer? No Brasil está claro.
Ao lado dêle a mulher é assim assim. Os filhos sabem de cor o hino nacional. Só que ainda não pegaram bem a música. Em todo o caso cantam ás vezes durante a sobremesa para o doutor ouvir. A bandeira se balançando na sacada do Teatro Municipal lembra ao doutor os admiráveis versos do poeta dos ESCRAVOS.

— Sim senhor! E' bem a brisa de que fala Castro Alves.

LARANJA DA CHINA

— Que brisa, Nenê?
— Nada. Você não entende.
Êle entende. E goza a brisa que beija e balança.
— O capitão Melo me afirmou que não há parque europeu que se compare com êste do Anhangabaú.
— Exagêro...
— Já vem você com a sua eterna mania de avacalhar o que é nosso! Pois fique sabendo...
Fique sabendo, dona Balbina. Fique a senhora sabendo que o que é nosso é nosso. E vale muito. E vale mais que tudo. Vá escutando. Vá escutando em silêncio. E convença-se de uma vez para não dizer mais bobagens.
— Veja o movimento. E hoje é feriado, hein! Não se esqueça! Paris que é Paris não tem movimento igual. Nem parecido.
— Você nunca foi a Paris...
Isso tambêm é demais. O melhor é não responder. Homem: o melhor é estourar.
— Meu Deus do céu! Não fui mas sei! Toda a gente sabe! Os próprios franceses

confessam! Mas você já sabe: é a única pessoa no mundo que não reconhece nada, não sabe nada!

Guiados pelo fura-bolos do doutor todos os olhares se fixam na catedral em começo.

— Vai ser a maior do mundo! E gótica, compreenderam? Catedral gótica!

Na cabeça.


Gostosura de descer a tôda a ladeira do Carmo e cair no plano do Parque d. Pedro II.

— Seu professor, Juquinha, não lhe ensinou que d. Pedro era amicíssimo, do peito mesmo, de Victor Hugo, gênio francês?

Juquinha nem se dá ao trabalho de responder.

— Pois se não ensinou fêz muito mal. Amizades como essa honram o país.

O chofer não deixa escapar um só buraco e dona Balbina põe a mão no coração. Washington Coelho Penteado toma conta do clacson.

— São um incentivo para as crianças. Quando maiores procurarão cultiva-las também.

O vento desvia as palavras do doutor dos ouvidos da família. O Chevrolet não respeita bonde nem nada. Pomba só levanta o vôo quando o automóvel parece que já está em cima dela.

— Êste Brás! Êste Brás! Não lhes digo nada!

Dez fósforos para acender um cigarro.

Dona Balbina olha a paineira. Mesma cousa que não olhasse. Juquinha vê um negócio verde. Washington Júnior um negócio alto. O doutor mais uma prova da pujança primeira-do-mundo da natureza pátria.

Interjeição admirativa. Depois:

— Reparem só no quantidade de automóveis. Dez desde São Miguel! E nenhum carro de boi!

60 por hora.

O Chevrolet perde-se na poeira. Dona Balbina se queixa. Juquinha coça os olhos.

— Pó quer dizer progresso!

Palavras assim são ditas para a gente saborear baixinho repetindo muitas vezes. Pó quer dizer progresso. Logo surge uma variante: Pó, meus senhores, quer dizer tão simplesmente progresso. Na antiga Grécia... Mas uma dúvida preocupa o espírito do doutor: a frase é dêle mesmo ou êle leu num discurso, num artigo, numa plataforma política? Talvez fosse do Rui até. Querem ver que é do bichão mesmo? Engano. Do Rui não é. Do Epitácio, do Epitácio tambêm não. Não é nem do Rui nem do Epitácio então é dêle mesmo. E' dêle.

Washington Júnior com o dedo no clacson está torcendo para que apareça uma curva.

Velocidade.

# LARANJA DA CHINA

— O Brasil é um gigante que se levanta. Dentro em breve...

Era uma vez um pneumático.


— Aquêle telhado vermelho que vocês estão vendo é o Leprosário de Santo Ângelo.

E' preciso ser bacharel e ter alguns anos de juri para descrever assim tão bem os horrores da morfea tambem cognominada mal de Hansen, êsse flagelo da humanidade desde os mais remotos tempos.

Dona Balbina se impressiona por qualquer cousa. Mas agora tem sua razão.

Altamente patriótica e benemérita a campanha de Belisário Pena. A acção dos governos paulistas igualmente. Amanhã não haverá mais leprosos no Brasil. Por enquanto ainda há mas isso de ter morfea não é privilégio brasileiro. Não pensem não. O mundo inteiro tem. A Argentina então nem se fala. Morfético até debaixo d'água. E não cuida seriamente do problema não. Está se desleixando. E'. Está. Daqui a pouco não há mais brasileiro morfético. Só argentino. Povo muito antipático. Invejoso, meu Deus. Não se meta que se arrepende. Em dois tempos... Bom. Bom. Bom. Silêncio que a espionagem é brava.

As casas brancas de Mogi das Cruzes.

— Qual é o número mesmo daquêle automóvel que está parado ali?
— P. 925.
— Veja você! P. 925!

Uma volta no largo da igreja. Parada na confeitaria para as crianças se refrescarem com MOCINHA. Olhadela disfarçada em quatro pernas de anjo. Saudação vibrante ao progresso local.

Chevrolet de novo.

LARANJA DA CHINA

— Toca pra São Paulo!
Primeira. Solavanco. Segunda. Arranco. Terceira. Aquela macieza.

— Não! Pare!
— Pra quê, Nenê?
— Uma cousa. Onde será o telégrafo? Onde será? Que tem tem.
— O patrício pode me informar onde fica o telégrafo?
Muito fácil. Seguir pela mesma rua. Tomar a primeira travessa á direita. Passar o largo. Passar o sobradão vermelho. Virar na primeira rua á direita.
— Primeira á direita?
Primeira á direita. Depois da terceira é o prédio onde tem um pau de bandeira.
— Pau, não senhor. Bandeira destraldada porque hoje é 15 de Novembro. Muito agradecido.
Faz a família descer também. Puxa da caneta-tinteiro, floreiozinho no ar. começa

Exmo. Snr. Dr. Presidente da República dos Estados Unidos do Brasil. Palácio do Catete. Vale a pena pôr a rua tambêm? Não. O homem tem que ser conhecido por força. Bem. Rio de Janeiro. Desta adeantada cidade tendo vindo Capital Estado uma hora dezesete minutos magnífica rodovia enviamos data tão grata corações patrióticos efusivos quão respeitosos cumprimentos erguendo viva República V. Ex. Que tal? ótimo, não? Só isso de República V. Ex. é que está meio ambíguo. Parece que a República é de S. Ex. Não está certo. A República é de todos. Assim exige sua essência democrática. Assim sim fica perfeito: **República e V. Ex. Bravo. Dr. Washington Coelho Penteado, senhora e filhos.**

— Quinze e novecentos.

— E eu que ainda queria pôr uma citação!

— Não precisa. Como está está muito bonito.

— E' bondade sua. Uma couzinha ligeira, feita ás pressas...

Enquanto o telegrafista declama os dizeres mais uma vez Washington Coelho Pen-

LARANJA DA CHINA

teado passa os quinze mil e novecentos réis.
Em plena rodovia de repente o doutor murcha. Emudece. Dona Balbina que estava dorme-não dorme espertou com o silêncio. O doutor quieto. Mau sinal. Procurando adivinhar arrisca:
— Que é que deu em você? O preço do telegrama?
O gesto deixa bem claro que isso de dinheiro não tem a mínima importância.
Dona Balbina pensa um pouquinho (o doutor quieto) e arrisca de novo:
— Medo que o chefe saiba que você usa o automóvel de serviço todos os domingos? Domingos e dias feriados?
O gesto manda o chefe bugiar no inferno.
O Chevrolet corre atrás dos marcos quilométricos.


Só ao entrar em casa o doutor se decide a falar.

— Esqueci-me de pôr o endereço para a resposta!...
— I-DI-O-TA!
Olhem só o gôzo das crianças.

# O FILÓSOFO PLATÃO

(SENHOR PLATÃO SOARES)

LARANJA DA CHINA

Fechou a porta da rua. Deu dois passos. E se lembrou de que havia fechado com uma volta só. Voltou. Deu outra volta. Então se lembrou de que havia esquecido a carta de apresentação para o director do Serviço Sanitário de São Paulo. Deu uma volta na chave. Nada. E' verdade: deu mais uma.

— Nhana! Nhana! Nhana!

Nhana apareceu sem meias no alto da escada.

— Estou vendo tudo.

— Ora vá amolar o boi! Que é que você quer?

— Na gaveta do criado-mudo tem uma carta. Dentro de um envelope da Câmara dos Deputados. Você me traga por favor. Não.

Eu mesmo vou buscar. Prefiro.

— Como queira.

E foi buscar. Saiu do quarto parou na sala de jantar.

— Ainda tem geléa aí, Nhana?

— No armário debaixo de uma folha de papel.

— Obrigado.

Escolheu cuidadosamente o cálice. Limpou a colherinha no lenço. Nhana ia passando com o ferro de passar. Mas não se conteve.

— Platão, Platão, você não vai falar com o homem, Platão?

— Calma. Muita calma. Glorinha entregou o ordenado?

Nhana sacudiu a cabeça:

— Sim se-nhor!

Fingiu que não compreendeu. Raspado o fundo do cálice lavou meticulosamente as mãos. E enxugou sem pressa. Dedo por dedo. Abriu a porta. Fechou. Vinha vindo um bonde a duzentos metros. Esperou. Agora o ônibus. Esperou. Agora um automóvel do lado contrário. Esperou. Olhou bem de um lado. Olhou bem de outro. Certificou-se das condições atmosféricas de nariz para o ar. Marcialmente atravessou a rua.

O poste cintado esperava os bondes com gente em volta. Platão quando ia chegando escorregou numa casca de laranja. Todos olharam. Platão equilibrou-se que nem japonês. Encarou os presentes vitoriosamente. Na lata, seus cretinos. Esfregou a sola do sapato na calçada e foi esperar em outro poste. Chegou de cabeça baixa.

— Boa tarde, Platão.

— O mesmo, Argemiro, como vai você?

— Aqui nêste solão esperando o maldito **19** que não chega!

Platão cavou um arzinho risonho. Acendeu um cigarro. Disse sem olhar:

— Eu espero o ónibus da Light.

— Milionário é assim.

Primeiro deu um puxão nos punhos postiços. Depois respondeu:

— Nem tanto...

O **19** passou abarrotado. Argemiro não falava. Platão sim de vez em quando:

— Êsse é um dos motivos por que eu

prefiro o ónibus da Light apesar do preço. Tem sempre lugar. Depois é um Patek.

Mas era só para moer.

Argemiro deu um adeuzinho e aboletou-se á larga num 19 vasio. Então Platão soltou um suspiro e pongou o 13 que vinha atrás.

Ficou no estribo. Agarrado no balaustre. Imaginando desastres medonhos. Por exemplo: cabeçada num poste. Escapando do primeiro no segundo. Impossível evitar. Era fatal. Uma sacudidela do bonde e pronto. Miolos á mostra. E será que a Nhana casaria de novo?

— O senhor dá licença?
— Tôda.

Não tinha visto o lugar. Pois a mulher viu. Que danada. Toda a gente passava na frente dêle. Triste sina. Tomava cocaina. Ora que bobagem.

— O' seu Platãozinho!

A voz do Argemiro. Enfiou o rosto dentro do bonde.

— O' seu pândego!

O cavalheiro do balaustre foi amável:
— Parece que é com o senhor.

LARANJA DA CHINA

— Olá, Argemiro, como vai você?
— Te gozando, Platãozinho querido! Resolveu a situação descendo.
— Não tem nada de extraordinário, Argemiro. Não precisava fazer tanto escândalo. Homessa! Então eu sou obrigado a andar de ónibus só? E ainda por cima da Light? E não tendo dinheiro trocado no bolso? Homessa agora! Homessa agora!
— Até outra vez, seu bocó! Profunda humilhação com o sol assando as costas.
Mas não é que tinha de descer ali mesmo? Praça da República, rua do Ipiranga, Serviço Sanitário. Esta agora é de primeiríssima ordem. Argemiro sem querer fêz um favor. Um grande? Um grandérrimo.
Para a satisfação consigo mesmo ser completa só faltava abrir o guarda-sol. Você não quer abrir, desgraçado? Você abre, desgraçado, amaldiçoado, excomungado. Abre nada. Nunca viu, seu italianinho de borra? Guarda-sol, guarda-sol, não me provoque que é peor. Desgraçado, amaldiçoado, excomungado. Platão heroicamente fez mais três ten

tativas. Qual o quê. Foi andando. Batia duro com a ponteira na calçada de quadrados. De vingança. Se duvidarem muito as costas já estão fumegando. Depois asfalto foi feito ES-PE-CI-AL-MEN-TE para aumentar o calor da gente. Platão parou. Concentrou tôda a sua habilidade na ponta dos dedos. E' agora. Não é não. Vamos ver se vai com geito. Guarda-solzinho de meu coração, abra, sim meu bem? Com delicadeza se faz tudo. Você não quer mesmo abrir, meu amorzinho? Está bem. Está bem. Paciência. Fica para outra vez. Você volta pro cabide. Cabide é o braço. Que cousa mais engraçada.

 Rua do Ipiranga. Eta zona perigosa. Platão não tirava os olhos das venezianas. Só mulatas. Eta zona estragada.

— Entra, cheiroso!
— Sai, fedida!

 Que resposta mais na hora, Nossa Senhora. E' longe como o diabo èsse tal de Serviço Sanitário. Pensando bem.

— Boa tarde, seu Platão, como vai o senhor?
— O' dona Euridice, como vai passando a senho...ora que se fomente!
Olhou para trás. Não ouviu. Que ouvisse. Parou deante da placa dourada. Sem saber se entrava ou não. Não será melhor não? Tanta escada para subir, meu Deus.
O tição fardado chegou na porta contando dinheiro.
— O doutor director já terá chegado?
— Parece que ainda não chegou, não senhor.
Aí resolveu subir.
— O doutor director ainda não chegou?
O cabeça-chata custou para responder.
— Chegou, sim senhor. Quer falar com êle?
— Ah, chegou?
O cabeça-chata papou uma pastilha de hortelã-pimenta e falou:
— Agora é que eu estou reparando... o seu Platão Soares... Sim senhor, seu Pla-

tão. Desta vez o senhor teve sorte mesmo: encontrou o homem. Vá se sentando que o bicho hoje atende.
Platão deu uma espiada na sala.
— Chi! Tem uns dez antes de mim.
— Paciência, não é?
Platão se abanava com o chapéu côco. Triste. Triste. Triste.
— Que é que você está chupando?
— Eu? Eunãoestouchupandonadanão senhor!
Platão deu um balanço na cabeça.
— Sabe de uma cousa? Aai!... Eu volto amanhã...
— O senhor dá licença de um aparte, seu Platão? Eu se fosse o senhor não deixava para amanhã não. O senhor já veiu aqui umas dez vezes?
— Nao tem importância. Eu volto amanhã.
— Admiro o senhor, seu Platão. O senhor é um FI-LÓ-SO-FO, seu Platão, um grande FI-LÓ-SO-FO!
— Até amanhã.
— Se Deus quizer.

LARANJA DA CHINA

Desceu a escada devagarzinho. Tirando a sorte. Pé direito: volto. Pé esquerdo: não volto. Foi descendo. Volto, não volto, volto, não volto, vol...to, não vol...to, VOL...TO! Parou. Virou-se. Mediu a escada. Virou-se. Olhou a rua. E' verdade: e o degrau da soleira da porta? Mais um não-volto. Mais um. Porêm para chegar até êle justamente um passo: volto. Aí está. Azar. O que se chama azar. Platão retesou os músculos armando o pulo. Deu. De costas na calçada. A mocinha que ia chegando com a velhinha suspendeu o chapéu. A velhinha suspendeu o guarda-sol. O chôfer do outro lado da rua suspendeu o olhar. Platão Soares finalmente suspendeu o corpo. Ficou tudo suspenso. Até que Platão muito dígno pegou o chapéu. Agradeceu. Ia pegando o guarda-sol. A velhinha quiz fecha-lo primeiro.

— Não, minha senhora! Prefiro assim mesmo aberto, por favor. Muito agradecido. Muito agradecido.

De guarda-sol em punho deu uns tapinhas nas calças. Depois atravessou a rua. Parou deante do chofer. Cousa mais interessante ver mudar um pneumático.

E não demorou muito:

— Eu se fosse o senhor levantava um pouquinho mais o macaco, não acredita?

# A APAIXONADA ELENA

(SENHORINHA ELENA BENEDITA DE FARIA)

LARANJA DA CHINA

— Quem é que me leva hoje no Literário?
Ficou esperando a resposta.
Dona Maria da Glória fazia uns desenhos na toalha com a ponta do garfo. Achando muita graça na história do Dico. Êsses meninos. Mas o melhor ainda não tinha sido contado: a negra perdeu a paciência e meteu a mão na cara do gerente. A rapaziada por pândega fêz uma subscrição e deu uns dois mil e tanto para a negra. E a polícia? Que polícia? Negra decidida está ali.
— Quem é que me leva hoje no Literário, mamãe?
Ficou esperando a resposta.
Dona Maria da Glória falou:

— Vamos para outra sala que aqui está calor demais.

Dico pôs no Panatrope o **Franckie and Johnny**. E deante do aparelho ensaiava uns passos complicados. Pé direito atrás. Batida de calcanhares. Pé direito na frente. Batida de calcanhares. Saiu andando que nem cavalo de circo.

Elena sentou-se, abriu a revista deante do rosto, pôs uma perna em cima da outra.

— Tenha modos, menina!

Suspirou, descruzou as pernas. Dico foi se chegando. Deu um tabefe na revista, fugiu de banda deslisando.

— Chorando! Que é que ela tem, mamãe?

— Sei lá. Bobagens. Pare com essa dança que me estraga o encerado.

Elena levantou-se e as lágrimas cairam.

— Onde é que vai? Sente-se aí!

Dico parou a música. Foi ficar deante da irmã de beiço caído.

— As lágrimas da mártir.

Dona Maria mandou que o Dico ficasse quieto, não amolasse nem fosse moleque. E mandou Elena enxugar as lágrimas que já estavam incomodando. Dico jogou o lenço

no colo da irmã. Elena jogou o lenço no chão por desafôro. Enxugou com a gola da blusa.
— Sou mesmo uma mártir, pronto!
Os olhares da mãe e do irmão encontraram-se bem em cima do vaso de flores de vidro. Despediram-se e se foram encontrar de novo nos olhos molhados da mártir Elena. O doutor Zózimo veiu lá de dentro escovando os dentes. Sacudiu a cabeça para a mulher: Que é que há? A mulher esticou o queixo e abriu os braços: Não sei não!
— Malvados! Não querem me levar no Literário!
— Quem é que não quer?
— Vocês!
Então o doutor Zózimo voltou lá para dentro babando espuma. O Dico pegou o chapéu, beijou o rosto da mãe, curvou-se deante da irmã, fêz umas piruetas e saiu cantando o **Pinião**. Dona Maria da Glória tirou o cachorro do colo. Depois deu uma mirada vaga assim em torno. Depois penteou o cabelo com os dedos. Finalmente bocejou e disse:
— Não seja boba, menina!
E foi embora.

O ruído da rua. O sol entrando pela porta aberta que dava para o terraço. Batiam pratos na copa. O cachorro latindo para o doutor Zózimo. Esta mesa seria mais bonita se fosse mais baixa.

Elena espreguiçou-se e pôs no Panatrope um disco bem chorado dos Turunas da Mauricea.

— Que vestido eu visto, mamãe?
— O azul.
Foi. Demorou um pouco. Voltou.
— Está todo amassado, mamãe.
— Então o verde.
— Com aquêles babados?
E repetiu:
— Com aquêles babados indecentes?
E tornou a repetir:
— Com aquêles babados indecentes, horrorosos, imorais?

Dona Maria da Glória estava na página dos anúncios.

# LARANJA DA CHINA

— Em que vapor partiu a Dulce mesmo?
— Como é que a senhora quer que eu me lembre?
— Não seja insolente!
Fechou-se no quarto. Cinco minutos se tanto. Abriu a porta. Disse da porta:
— Eu vou pôr o novo futurista.
— Ponha o verde já disse!
— Ó desgraça, meu Deus!
Se o Zózimo continuasse a não fazer caso ela como mãe estava decidida: curaria aquêle nervosismo a chinelo.


A toda hora olhava o ponteiro dos minutos. Já querendo ir embora. Vinte para as oito. Ás oito acaba com o hino nacional. No fundo dança não passa de uma senvergonhice muito grande. A gente conta na certa com uma cousa: vai a cousa não acontece. As primas não paravam sentadas. Há moças que tiram seus pares de longe: é um geito de olhar.

Voltar para casa, ler na cama a revista de Hollywood, procurar dormir. Com aquêle calorão. E amanhã bem cedo: dentista. A vida é pau. Dez para as oito.

Dez para as oito Firmianinho apareceu. Começou a inspecção pelo lado esquerdo. Foi indo. No canto direito parou. Veiu vindo. Chegou. Enfim chegou.

— Boa noite.
— Boa noite.

Tanta aflição antes e agora êste silêncio. Dançavam empurrados. Não valeu de nada ter preparado a conversa. Tinha uma pergunta para fazer. Não era bem uma pergunta. Endireitando o busto parecia que se dominava. Felizmente repetiram o maxixe.

— Sabe que comprei um Reo? 22.222.
— Bonitinho?
— Assim assim. Dezoito contos.

Para quê dizer o preço? Matou a conversa no princípio. Não tendo coragem de ver precisava perguntar. Então imaginava **um** modo, imaginava outro cada vez mais nervosa. E dançavam. O maxixe está com geito de estar acabando. Perguntava agora. Daqui a pouco. No finzinho. Não perguntaria: olharia e pronto. O hino nacional continuou o maxixe.

— Tirou as costeletinhas?
— Ainda não viu?

Ora que resposta.

Quando pararam junto das primas dela êle virou bem o rosto de propósito. Tirou sim. Agora sim. Isso sim.

Despediram-se com muita alegria.


Chegou em casa foi direitinho para o quarto. Tirou o chapéu em frente do espelho. Guardou a bolsa. Ia tirar o vestido de bordados indecentes, horrorosos, imorais. Mas se jogou na cama com os olhos cheios de lágrimas.

# O INTELIGENTE CICERO

(MENINO CÍCERO JOSÉ MELO DE SÁ RAMOS)

L A R A N J A   D A   C H I N A

 Dois dias depois da chegada de Cícero ao mundo (garoava) o DIÁRIO POPULAR escreveu: **Acha-se em festas o venturoso lar do nosso amigo senhor major Manuel José de Sá Ramos, conhecido fabricante do môlho João Bull e da pasta dentifrícia Japonesa, e de sua gentilíssima consorte dona Francisca Melo de Sá Ramos, com o nascimento de uma esperta criança do sexo masculino que receberá na pia batismal o nome de Cícero. Felicitamos muito cordealmente os carinhosos pais.** O major foi pessoalmente á redacção levar os agradecimentos dos carinhosos pais e no dia seguinte o órgão da opinião pública registrou a visita referindo-se mais uma vez á esperteza congênita de Cícero.

Quando o pequeno fêz dois anos passou a ser robusto. Quando fêz quatro foi promovido pelo DIÁRIO POPULAR a inteligente e mui promissor menino.

Nêsse dia dona Francisca achou que era chegado o momento de ensinar ao Cícero **O estudante alsaciano**. Seis estrofes mais ou menos foram decoradas. E a madrinha dona Isolina Vaz Costa (cuja especialidade era doce de ovos) foi de parecer que quanto á dicção ainda não está visto mas quanto á expressão Cícero lembrava o Chabi Pinheiro. No entanto advertiu que do meio para o fim é que era mais difícil. Principalmente quando o heroico rapazinho desabotoava virilmente a blusa preta e gritava batendo no peito: Aqui dentro, aqui é que está a França!

Cícero na véspera do Natal de seus cinco anos ás sete horas da noite estava entretido em puxar o rabo do Biscoito quando dona Francisca veiu busca-lo para dormir. Cícero

# LARANJA DA CHINA

esperneou, berrou, fugiu e meteu-se em baixo da mesa da sala de jantar. Foi pescado pelas orelhas. Carregado até a cama.

Dona Francisca tirou a roupa dêle, enfiou-o no macacão e disse:

— Vá dizer boa-noite para papai.

Beijada a mão do major (que decifrava umas charadas do MALHO) voltou. E dona Francisca então falou assim:

— Olhe aqui, meu filhinho. Tire o dedo do nariz. Olhe aqui. Você agora vai pôr seu sapatinho atrás da porta (compreendeu?) para São Nicolau esta noite deixar nêle um brinquedo para o meu benzinho.

Cícero obedeceu correndo.

— Bom. Agora reze com mamãe para Nossa Senhora proteger sempre você.

Rezou sem discutir.

— Assim sim que é bonito. Não meta o dedo no nariz que é feio. E durma bem direitinho para São Nicolau poder deixar um brinquedo bem bonito.

Cícero no escuro deu de pensar no presente de São Nicolau. E resolveu indicar ao santo o brinquedo que queria por causa das dúvidas. Não confiava no gôsto do santo não. Na sua cabeça os soldados vistos de manhã marchavam com a banda na frente. E disse baixinho:

— São Nicolau: deixe uma espingardinha.

Virou do lado direito e dormiu de bôca aberta.

Ás sete da manhã encontrou um brinquedo de armar atrás da porta. Ficou danado. Deu um pontapé no brinquedo. E chorou na cama apertando o dedão do pé.

Na véspera do Natal de seus seis anos ás sete e meia da noite estava Cícero matando moscas na copa quando o major veiu chama-lo para dormir. Ranzinzou. Choramingou. Quiz escapar. Foi seguro por um braço e posto a muque na cama. Dona Francisca já esperava afofando o travesseiro.

— Fique quietinho, meu filho, que é para São Nicolau trazer um brinquedo para você.

LARANJA DA CHINA

Não quiz ouvir mais nada. Arrancou os sapatos e foi mais que depressa deixar atrás da porta. Mas depois ficou algum tanto macambúzio. Coçando a barriga e tal.
— Que é que você tem? Mostre a língua.
Com má vontade mas mostrou. Dona Francisca verificou o seu aspeto saudável.
— Vá. Diga para sua mamãe que é que você tem.
— Como o da outra vez eu não quero mesmo.
— Não quer o quê?
— O brinquedo...
Dona Francisca riu muito. Beijou a cabecinha do Cícero. Foi buscar um lenço. Encostou no nariz do filho.
— Assõe. Com bastante força. Assim. De novo. Está bem. Agora me diga direitinho que brinquedo você quer que São Nicolau traga.
— Não.
— Diga sim, minha flor, para mamãe tambêm pedir.
— Não.
— Então mamãe apaga a luz e vai embora. Depois que ela sair o meu filhinho ajoe-

ANTÓNIO DE ALCÂNTARA MACHADO

lha na cama e diz bem alto o presente que êle quer para São Nicolau poder ouvir lá do céu. Dê um beijinho na mamãe.
Não ajoelhou não. Ficou em pé em cima do travesseiro, ergueu o rosto para o teto e berrou:
— Eu quero um tamborzinho, São Nicolau! Ouviu? Tambêm um chicotinho e uma cornetinha? Ouviu?
Dona Francisca ouviu. E o major logo de manhãzinha levou uma cornetada no ouvido. Pulou da cama indignadíssimo. Porém o tambor já ia rolando pelo corredor. O chicotinho foi reservado para o Biscoito.

Cicero na véspera do Natal de seus sete anos ás oito horas da noite estava beliscando os braços da Guiomar quando dona Francisca (regime alemão) apareceu na porta da cozinha para manda-lo dormir. Escondeu-se atrás da Guiomar.
— Depois, mamãe, depois eu vou!

LARANJA DA CHINA

— Já e já!
O rugido do major daí a segundos decidiu-o.
Sentado na cama bebeu umas lágrimas, fêz um ligeiro exercício de cuspo tendo por alvo o armário, vestiu a camisola e veiu descalço até o escritório beijar a mão do papai e da mamãe. Dona Francisca voltou com êle para o quarto. Sentou-o no colo.
— Você já pôs os sapatos atrás da porta?
Cicero fêz-se de desentendido.
— Eu sou paulista mas... de Taubaté!
— Agora não é hora de cantar. Responda.
— Atrás da porta não cabe.
Dona Francisca não podia compreender.
— Não cabe o quê?
— O que eu quero.
— Que é que você quer?
Cicero começou a contar nos dedos.
— Um-dois, feijão com arroz! Três-quatro...
— Responda!
— Ara, mamãe...
— Diga. Que é?
— Ara...

ANTÔNIO DE ALCÂNTARA MACHADO

— Não faça assim. Diga!
Foi barata que entrou ali debaixo do armário?
— Eu quero... Ah! mamãe, eu não quero dizer...
— Se você não disser São Nicolau castiga você.
— Quando é que a gente vai na chácara de titio outra vez?
Dona Francisca apertou os braços do menino.
— Assim machuca, mamãe! Eu quero um automóvel igual ao de titio, pronto!
— Que é isso, Cícero? Um Ford? Pra quê? Você é muito pequeno ainda para ter um Ford.
— Mas eu quero, pronto!
Dona Francisca deixou o filho muito preocupada e foi confabular com o major. Mas o major (premiado com um estojo Gillette no concurso charadístico do MALHO) achou logo a solução do problema.
— Tenho uma idea genial.
Tapou a idea com o chapéu e saiu. Dona

# LARANJA DA CHINA

Francisca ninava o corpo na cadeira de balanço louca para adivinhar.

Ás sete horas da manhã Cícero sem sair da cama encompridou o pescoço para examinar um automóvel dêste tamanhinho parado no meio do quarto. Meio tonto ainda deu um pulo e foi ver o negócio de perto. Em cima do volante tinha um bilhete escrito á máquina: **Meu querido Cícero. Dentro de meu cesto não cabia um automóvel grande como você pediu. Por isso deixo êste que é a mesma cousa. Tenha sempre muito juízo e seja bonzinho para seus pais.** (a) S. Nicolau.

Não vê. Cícero soltou dois ou três berros que levantaram no travesseiro os cabelos cortados de dona Francisca. O major enfiou os pés no chinelos e foi ver o que havia. Cícero pulava de ódio.

— Mas você não viu o bilhete, meu filhinho? Quer que eu leia para você?

— Eu não quero essa porcaria!

O major encabulou e se ofendeu mesmo. Dona Francisca veiu tambêm saber da gritaria.

— Mas então, Cícero! Não chore assim.

Você chorando São Nicolau nunca mais traz um presente para você.

— Eu não preciso de nada!

O major já alimentava a sinistra idea de passar um dos chinelos do pé para a mão. Dona Francisca pelo contrário ameigava a voz.

— Ah, meu benzinho, assim você deixa mamãe triste! Não chore mais.

O major foi se aproximando do filho assim como quem não quer.

— Deixe, Neco. Agradando se arranja tudo.

Do lado de lá da cama o Cícero desesperado da vida. Do lado de cá os carinhosos pais falando alternadamente. Sôbre a cama (já com um farol espatifado) o pomo da discórdia.

— São Nicolau é velhinho, não pode carregar um cesto muito grande...

— E depois por grandão que fosse não podia caber um Ford de verdade dentro dêle...

— E'. E se cabesse...

— Se coubesse, Francisca!

LARANJA DA CHINA

— ...se coubesse São Nicolau não aguentaria com o pêso...
— Está cansado, não tem mais força.
Cícero foi retendo a choradeira. Levantou a camisola para enxugar as lágrimas.
— Não fique assim descomposto!
Os últimos soluços foram os mais doídos para engulir. Mas parecia convencido.
— Então? Não chora mais?
Assumiu uns ares meditabundos. Em seguida pôs as mãos na cintura. Ergueu o côco. Pregou os olhos no pai (o major sem querer estremeceu). Disse num repente:
— Se êle não podia com o pêso porque não deixou o dinheiro para eu comprar o Fordinho então?
Nem o major nem dona Francisca tiveram resposta. Ficaram abobados. Berganharam olhares de bôca aberta. O major piscava e piscava. Sorrindo. Procurou alcançar o filho contornando a cama. Cícero farejou uns cocres e foi se meter entre o armário e a janela. Fazendo beicinho. Tremendo encolhido.
— Não dê em mim, papai, não dê em mim!

Mas o major levantou-o nos braços. Sentou-se na beirada da cama com êle no colo. Cícero. Apertou-lhe comovidamente a cabeça contra o peito. Olhando para a mulher traçou com a mão direita três círculos pouco acima da própria testa. Depois mordeu o beiço de baixo e esbugalhou os olhos para o teto. Cícero. Dona Francisca sorriu apertando os olhos:

— Veja você, Neco!
— Estou vendo! E palavra que tenho medo!

Dona Francisca não entendeu. E o major então começou a explicar.

# A INSÍGNE CORNÉLIA

(DONA CORNÉLIA CASTRO FREITAS)

LARANJA DA CHINA

O sol batia nas janelas. Ela abriu as janelas. O sol entrou.

— Nove horas já, Orozimbo! Quer o café?

— Que mania! Todos os dias você me pergunta. Quero, sim senhora!

Não disse palavra. Endireitou a oleogravura de Teresa do Menino Jesus (sempre torta) e seguiu para a cozinha. O café já estava pronto. Foi só encher a chícara, pegar o açúcar, pegar o pão, pegar a lata de manteiga, pôr tudo na bandeja. Mas antes deu uma espiada no quarto do Zizinho. Deu um suspiro. Fechou a porta á chave. Foi levar o café.

— E a FOLHA?

— Acho que ainda não veiu.

— Veiu, sim senhora! Vá buscar. Você está farta de saber...
Para quê ouvir o resto? Estava farta de saber. Trouxe a FOLHA. Voltou para a cozinha.
— Aurora! O' Aurora!
Pensou: Essa pretinha me deixa louca.
— Onde é que você se meteu, Aurora?
Pensou: só essa pretinha?
Começou a varrer a sala de jantar. E a resolver o caso da Finoca. O médico quer tentar de novo as injecções. Mas da outra vez deram tão mal resultado. Será que não prestavam? Farmácia de italiano não merece confiança. Massagem é melhor: se não faz bem mal não faz. Só se doer muito. Então não. Chega da coitadinha sofrer.
— A senhora me chamou?
Tantas ordens. Esperar a passagem do verdureiro. Comprar alface. Não: alface dá tifo. Escolher uma abobrinha italiana, tomates e um môlho de cheiro. Lavar a cozinha. Passar o pano molhado na copa. Matar um frango. Fazer o caldo da Finoca. Não se esquecer de ir ali no seu Medeiros e encomen-

dar uma carroça de lenha. Mas bem cheia e para hoje mesmo sem falta.

A indignação de Orozimbo com os suspensórios caídos subiu ao auge:
— Porcaria de casa! Não tem um pingo de água nas torneiras!
— Na cozinha tem.
Encheu o balde. Levou no banheiro.
— Porque não mandou a Aurora trazer?
— Não tem importância.
Pisando de mansinho entrou no quarto da Finoca. Ageitou a colcha. Pôs a mão na testa da menina. Levantou a boneca do tapete. Sentou-a na cadeira. Endireitou o tapete com o pé. Apesar de tudo saiu feliz do quarto da Finoca.
— Então?
— Sem febre.
— Não era sem tempo. O Zizinho já se levantou?
Deu de varrer desesperadamente. Oro-

zimbo olhava sentado com os cotovelos fincados nas pernas e as mãos aparando o rosto. Os chinelos de Cornélia eram de pano azul e tinham uma flor bordada na ponta. Vermelha com umas cousas amarelas em volta. Antes dêsses que chinelos ela usava mesmo? Não havia meio de se lembrar. De pano não eram: faziam nhec-nhec. De couro amarelo? Seriam?
— Como eram aquêles chinelos que você tinha antes, hein, Cornélia?
— Porque você quer saber?
— Por nada. Uma idea. Diga.
— Não me lembro.
Está bem. Levantou-se. Espreguiçou-se. Deu dois passos.
— Onde é que vai?
— Ver se o Zizinho está acordado.
Cornélia opôs-se. Deixasse o menino dormir, que, diabo. Só entrava no serviço ás onze horas. Tinha tempo. Depois a Aurora estava lavando a cozinha. Molhar os pés logo de manhã cedo faz mal. Quanto mais êle que vivia resfriado. Não fosse não.
— Vou sim. Tem de me fazer um serviço antes de sair.

LARANJA DA CHINA

Cornélia ficou apoiada na vassoura rezando baixinho. Prontinha para chorar. E ouvia as sacudidelas no trinco. E os berros do marido. Depois o silêncio sossegou-a. Recomeçou a varrer com mais fúria ainda.

Orozimbo entrou judiando do bigode. Deu um geito no cós das calças e arrancou a vassoura das mãos da mulher.

— Que é isso, Orozimbo? Que é que há?

— Há que o Zizinho não dormiu hoje em casa e há que a senhora sabia e não me disse nada!

— Não sabia.

— Sabia! Conheço você!

— Não sabia. Depois êle está no quarto.

— A chave não está na fechadura!

— Então já saiu.

— E fechou a porta! Para quê, faça o favor de me dizer, para quê?

Então Cornélia puxou a cadeira e atirou-se nela chorando. Orozimbo andava, parava, tocava piano na mesa, andava, parava. Começava uma frase, não concluia, assoprava a ponta do nariz, começava outra, tambêm não concluia. Parou deante da mulher.

— Não chore. Não adeanta nada.
Depois disse:
— Grande cachorrinho!
E foi pôr o paletó.
Cornélia enxugou os olhos com as mãos. Enxugou as mãos na toalha da mesa. Ficou um momento com o olhar parado na **Ceia de Cristo** da parede. Muito cautelosamente caminhou até o quarto do Zizinho. Tirou a chave do bolso do avental. Abriu a porta. Começou a desfazer a cama depressa. Mas quando se virou deu com o Zizinho.
— Ah seu... Onde é que você andou até agora?
— Quem? Eu?
— Quem mais?
— Eu? Eu fui a Santos com uns amigos...
— Você está mentindo, Zizinho.
— Eu, mamãe? Não estou, mamãe. Juro.
— Vá jurar para seu pai.
Zizinho tirou o chapéu. Sentou-se na cama. Esfregava as mãos. Maria olhava para êle sacudindo a cabeça.
— Porque que a senhora mesma não ex-

plica para papai, hein? Faça êsse favorzinho para seu filho, mamãe.

Disse que não e deixou o filho no quarto bocejando.


Orozimbo quando soube da chegada do Zizinho quiz logo ir arrancar as orelhas do borrinha. Mas ameaça ir — resolve ir depois, resolve ir mesmo — precisa ficar por causa das lágrimas da mulher, precisa dar uma lição no pestinha — a raiva vai diminuindo: não foi. Seja tudo pelo amor de Deus. Depois se o menino virasse vagabundo de uma vez, apanhasse uma doença, fosse parar na cadeia, êle não tinha culpa nenhuma. A culpa era todinha de Cornélia. Êle, o pai, não queria responsabilidades.

— Você não almoça?

— Vou almoçar com o Castro. Eu lhe disse ontem.

— Tem razão.

— Mas não se acabe dessa maneira!

— Não. Até logo.
— Até logo.

Zizinho jurou que outra vez que tivesse de ir para Santos com os amigos avisava os pais nem que fosse á meia-noite. E Cornélia estalou uns ovos para êle. Estavam ali na mesa satisfeitos porque tudo se acomodou bem.
— A senhora não come?
— Não. Estou meio enjoada.
Finoca de vez em quando levantava um gemido choramingado no quarto e ela corria logo. Não era nada graças a Deus. Cousas da moléstia.

Antes de sair Zizinho fêz outra promessa de cigarro aceso: assim que chegasse na Companhia iria pedir perdão ao pai. Daria êsse contentamento ao pai.

Tudo se acomodou tão bem. Cornélia ajudada pela Aurora pôs a Finoca na cadeirinha de rodas.
— Mamãe leva o benzinho dela no sol.

Costurar com aquela luz nos olhos.
— Mamãe, leia uma história pra mim.
Livro mais bobo.
— E' melhor você brincar com a boneca.
— Não, mamãe. Eu quero que você leia.

A formiguinha pôs o vestido mais novo que tinha e foi fiar na porta da casa. Fiar criança brasileira não sabe o que é: e a formiguinha toda chibante foi costurar na porta da casa dela. O gato passou e perguntou pra formiguinha: Você quer casar comigo, formiguinha? A formiguinha disse: Como é que você faz de noite?
— Miau-miau-miau!
— Viu? Você já sabe todas as histórias.
— Mas leia, mamãe, leia.

A costura por acabar. Tanta cousa para fazer. Um enjôo impossível no estômago. A formiguinha preparou as iguárias ou as iguarias?


Aurora ficou tôda assanhada quando viu quem era.

— O' dona Isaura! Como vai a senhora, dona Isaura?

— Bem. Você está gorda e bonita, Aurora.

— São seus olhos, dona Isaura! Muito obrigada!

O vestido vermelho foi furando a casa até o terraço do fundo. Não quiz sentar-se. Era um minuto só. Mexia-se. Virava de uma banda. De outra.

— Eu vim lhe pedir um grande favor, Cornélia.

Aurora encostada no batente da cozinha escutava enlevada.

— Vá fazer seu serviço, rapariga!

Não foi sem primeiro ganhar um sorriso e guardar bem na cabeça o feitio do vestido. Atrás principalmente.

— Você não imagina como estou nervosa!

— Mamãe como vai?

— Vai bem. Mas não é mamãe não. E' a Isaurinha. Você não pode imaginar como a Isaurinha está impertinente, Cornélia. E' um horror! Quási me acaba com a vida! Hoje de manhã não quiz tomar o remédio. E agora ás duas horas tem que tomar justamente aquêle que ela mais detesta. Só em pensar, meu Deus!...

Até Finoca sorria com a boneca no colo. Isaura abriu a bolsa e passou uma revista demorada no rosto e no chapéu levantando e abaixando o espelhinho.

— Titia está muito bonitinha.

Virou-se de repente, fechou a bolsa e fêz uma carícia na cabeça da menina.

— Que anjo! Olhe aqui, Cornélia. Eu queria que você por isso me fizesse a caridade (olhe que é caridade) de dar daqui a pouco um pulo lá em casa. Isaurinha com você perto toma o remédio e fica sossegada. Tem uma verdadeira loucura por você, não compreendo!

Cornélia que estava implicando com a toalha de banho ali no terraço levantou-se, pegou a toalha, dobrou, chamou a Aurora, mandou levar a toalha no banheiro. Aurora foi recuando até a sala de jantar.

— E você, Isaura, onde se atira?

— Eu? Ah! Eu vou, imagine você, eu te-

nho cabeleireiro justamente ás duas horas.
Mas você me faz o favor de ir ver a Isaurinha,
não faz?

— E a Finoca?

Isaura deu logo a solução:

— Você leva na cadeira mesmo. Põe no
automóvel.

— Que automóvel?

Pensou em oferecer o dinheiro. Mas desistiu (podia ofender, Cornélia é tão exquisita) e disse:

— No meu! Êle me leva na cidade, depois vem buscar vocês.

— Está bem.

Deixaram a menina no terraço e foram para o quarto de Cornélia. Isaura estava entusiasmada com a companhia de revistas do Apolo. Cornélia não podia imaginar. Que esperança. Nem Cornélia nem ninguêm. Só indo ver mesmo. Era uma maravilha. Na última peça principalmente tinha um quadro que nem em cinema podiam fazer igual. Toda a gente reconheceu. Chamado **No reino da quimera.**
Quando a cortina se abria aparecia um quarto iluminado de roxo (uma beleza) com uma

mulher quási núa deitada num sofá e fumando num cachimbo comprido. Bem comprido e fino. Era um tango: **Fumando espero**. Ahn? Que lindo, hein? Depois entrava um homem elegantíssimo com a cara do Adolfo Menjou. Mas a cara igualzinha. Uma cousa fantástica. Outro tango (bem arrastado): **Se acabaron los otarios**.

Cornélia passou a mão na testa, caiu na cadeira deante do toucador.

— Que é que você tem?

— Nada. Um ameaço de tontura.

— Você não almoçou?

— Não. Nem o cheiro da comida eu suporto...

Isaura olhou bem para a irmã. Teve pena da irmã.

— Será possível, Cornélia?

Levantou a testa da mão. Deixou cair a testa na mão.

Então Isaura não se conteve e começou a dar conselhos em voz baixa. Não fosse mais boba. Havia um meio. E mais isto. E mais aquilo. Não tinha perigo não. Fulana fazia assim. Cicrana tambêm. Ela Isaura (nunca fêz, não é?) mas se precisasse faria tambêm, porque não? Ninguêm reparava. Pois está claro. Religião. Que é que tem religião com isso? Estarem ali se sacrificando? Não.

Mas Cornélia ergueu o olhar para a irmã, fêz um esfôrço de atenção:

— Não é o chôro da Finoca?

Não era. Parecia que sim. Era sim. Não era. Era no vizinho.

— E então?

— Isso é bom para as mulheres de hoje, Isaura. Eu sou das antigas...

Insensivelmente a gente abaixa os olhos.

— Está bem. Desculpe. Não se fala mais nisso. Até loguinho, Cornélia. Eu mando o automóvel já. Até loguinho. E muito obrigada, sabe?

A irmã já estava longe quando ela respondeu devagarzinho:

— Ora... de nada...

# O MÁRTIR JESUS

(SENHOR CRISPINIANO B. DE JESUS)

# LARANJA DA CHINA

De acôrdo com a tática adotada nos anos anteriores Crispiniano B. de Jesus vinte dias antes do Carnaval chorou miséria na mesa do almoço perante a família reunida:

— As cousas estão pretas. Não há dinheiro. Continuando assim não sei aonde vamos parar!

Fifi que procurava na Revista da Semana um modêlo de fantasia bem bataclan exclamou mastigando o palito:

— Ora, papai! Deixe disso...

A preta de cabelos cortados trouxe o café rebolando. Dona Sinhara coçou-se tôda e encheu as chícaras.

— Pra mim bastante açúcar!

ANTÓNIO DE ALCÂNTARA MACHADO

Crispiniano espetou o olhar no Aristides. Espetou e disse:

— Pois aí está! Ninguêm economiza nesta casa. E eu que aguente o balanço sozinho!

A família em silêncio sorveu as chícaras com ruído. Crispiniano espantou a mosca do açucareiro, afastou a cadeira, acendeu um Kiss-Me-De-Luxo, procurou os chinelos com os pés. Só achou um.

— Quem é que levou meu chinelo daqui?

A família ao mesmo tempo espiou debaixo da mesa. Nada. Crispiniano queixou-se duramente da sorte e da vida e levantou-se.

— Não pise assim no chão, homem de Deus!

Pulando sôbre um pé só foi até a salinha do piano. Jogou-se na cadeira de balanço. Começou a acariciar o pé descalço. A família sentou-se em tôrno com a cara da desolação.

— Pois é isso mesmo. Há espíritos nesta casa. E as cousas estão pretas. Eu nunca vi gente resistente como aquela da Secretaria! Há três anos que não morre um primeiro escriturário!

# LARANJA DA CHINA

Maria José murmurou:
— E' o cúmulo!
Com o rosto escondido pelo jornal Aristides começou pausadamente:
— Falecimentos. Faleceu esta madrugada repentinamente em sua residência á rua Capitão Salomão n. 135 o senhor Jósias de Bastos Guerra, estimado primeiro escriturário da...
Crispiniano ficou pálido.
— Que negócio é êsse? Eu não li isso não!
Fifi já estava atrás do Aristides com os olhos no jornal.
— Ora bolas! E' brincadeira de Aristides, papai.
Aristides principiou uma risada irritante.
— Imbecil!
— Não sei porque...
— Imbecil e estúpido!
Da copa vieram gritos e latidos desesperados. Dona Sinhara (que ia tambêm descompor o Aristides) foi ver o que era. E chegaram da copa então úivos e gemidos sentidos.
— O que é, Sinhara?

— Não é nada. O Totónio brigando com Seu-Mé por causa do chinelo.
— Traga aqui o menino e ponha o cachorro no quintal!
O puxão nas orelhas do Totónio e a reconquista do chinelo fizeram bem a Crispiniano. Espreguiçou-se todo. Assobiou mas muito desafinado. Disse para a Fifi:
— Toque aquela valsa do Nazareth que eu gosto.
— Que valsa?
— A que acaba baixinho.
Carlinhos fêz o desafôro de sair tapando os ouvidos.


As meninas iam fazer o corso no automóvel das odaliscas. Idea do Mário Zanetti pequeno da Fifi e primogênito louro do seu Nicola da farmácia onde Crispiniano já tinha duas contas atrasadas (varizes da Sinhara e estômago do Aristides).
Dona Sinhara veiu logo com uma das suas:

— No Brás eu não admito que vocês vão.
— Que é que tem de mais? No carnaval tudo é permitido...
— Ah! é? Eta falta de vergonha, minha Nossa Senhora!

Maria José (segunda secretária da Congregação das Virgens de Maria da paróquia) arriscou uma piada pronominal:
— Minha ou nossa?
— Não seja cretina!

Jogou a fantasia no chão e foi para outra sala soluçando.

Totónio gozou esmurrando o teclado.


O contínuo disse:
— Macaco pelo primeiro.

Abaixou a cabeça vencido. Sim, senhor. Sim, senhor. O papel para informar ficou para informar. Pediu licença ao director. E saiu com uma ruga funda na testa. As botinas rangiam. Êle parava, dobrava o peito delas erguendo-se na ponta dos pés, continuava. Chiavam. Não há cousa que incomode mais. Meteu os pés de propósito na poça barrenta. Duas fantasias de odalisca. Duas caixas de bisnaga. Contribuição para o corso. Botinas de cincoenta mil réis. Para rangerem assim. Mais isto e mais aquilo e o resto. O resto é que é o peor. Facada doída do Aristides. Outra mais razoável do Carlinhos. Serpentina e fantasia para as crianças. Tambêm tinham direito. Nem carro de boi chia tanto. Puxa. E outras cousas. E outras cousas que iriam aparecendo.

Entrou no Monte de Socorro Federal.

Auxiliado pela Elvira o Totónio tanta malcriação fêz, abrindo a bôca, pulando, batendo o pé, que convenceu dona Sinhara.

— Crispiniano, não há outro remédio mesmo: vamos dar uma volta com as crianças.

— Nem que me paguem!

O Totónio fantasiado de caçador de esmeraldas (sugestão nacionalista do doutor

# LARANJA DA CHINA

Andrade que se formara em Coimbra) e a Elvira de rosa-chá ameaçaram pôr a casa abaixo. Desataram num chôro sentido quebrando a resistência comodista (pijama de linho gostoso) de Crispiniano.

— Está bem. Não é preciso chorar mais. Vamos embora. Mas só até o largo do Paraiso.

Na rua Vergueiro Elvira de ventarola japonesa na mão quiz ir para os braços do pai.

— Faça a vontade da menina, Crispiniano.

Domingo carnavalesco. Serpentinas nos fios da Light. Negras de confeti na carapinha bisnagando carpinteiros portugueses no ôlho. O único alegre era o gordo vestido de mulher. Pernas dependuradas da capota dos automóveis de escapamento aberto. Italianinhas de braço dado com a irmã casada atrás. O sorriso agradecido das meninas feias bisnagadas. Fileira de bondes vasios. Isso é que é alegria? Carnaval paulista.

Crispiniano amaldiçoava tudo. Uma esguichada de lança-perfume bem dentro do ouvido direito deixou o Totónio desesperado.
— Vamos voltar, Sinhara?
— Não. Deixe as crianças se divertirem mais um bocadinho só.
Elvira quiz ir para o chão. Foi. Grupos parados diziam besteiras. Crispiniano com o tranco do toureiro quási caiu de quatro. E a bisnaga do Totónio estourou no seu bolso. Crispiniano ficou fulo. Dona Sinhara gaguejou revoltada. Totónio abriu a bôca. Elvira sumiu.
Procura que procura. Procura que procura.
— Tem uma menina chorando ali adeante.
Sob o chorão a chorona.
— O negrinho tirou a minha ventarola.
Voltaram para casa chispando.

Terça-feira entre oito e três quartos e nove horas da noite as odaliscas chegaram do

corso em companhia do sultão Mário Zanetti.
Crispiniano com um arzinho triunfante dirigiu-lhes a palavra:

— Ora até que enfim! Acabou-se, não é assim? Agora estão satisfeitas. E temos sossêgo até o ano que vem.

As odaliscas cruzaram olhares desalentados. O sultão fingia que não estava ouvindo. Maria José falou:

— Nós ainda queríamos ir no baile do Primor, papai... Será possível?

— Ahn? Bai-le do Pri-mor?

Dona Sinhara perguntou tambêm:

— Que negócio é êsse?

— E' uma sociedade de dança, mamãe. Só famílias conhecidas. O Mário arranjou um convite pra nós...

Deixaram o sultão todo encabulado no tamborete do piano e vieram discutir na sala de jantar.

(Famílias distintas. Não tem nada de

mais. As filhas de dona Ernestina iam. E eram filhas de vereador. Aí está. Acabava cedo. Só se o Crispiniano fôr tambêm. Por nada dêste mundo. Ora essa é muito boa. Pai malvado. Não faltava mais nada. Falta de couro isso sim. Meninas sem juízo. Tempos de hoje. Meninas sapecas. O mundo não acaba amanhã. Antigamente -hein, Sinhara?- antigamente não era assim. Tratem de casar primeiro. Afinal de contas não há mal nenhum. Aproveitar a mocidade. Sair antes do fim. E' o último dia tambêm. Olhe o remorso mais tarde. Toda a gente se diverte. São tantas as tristezas da vida. Bom. Mas que seja pela primeira e última vez. Que gôzo.)

No alto da escada dois sujeitos bastante antipáticos (um até mal encarado) contando dinheiro e o aviso de que o convite custava dez mil réis mas as damas acompanhadas de cavalheiros não pagavam entrada.

Tal seria. Crispiniano rebocado pelo sul-

LARANJA DA CHINA

tão e odaliscas aproximou-se já arrependido de ter vindo.
— O convite, faz favor?
— Está aqui. Duas entradas.
O mal encarado estranhou:
— Duas? Mas o cavalheiro não pode entrar.
Ah! isso era o cúmulo dos cúmulos.
— Não posso? Não posso porquê?
— Fantasia obrigatória.
E esta agora? O sultão entrou com a sua influência de primo do segundo vice-presidente.. Sem nenhum resultado. Crispiniano quiz virar valente. Que é que adeantava? Fifi reteve com dificuldade umas lágrimas sinceras.
— Eu só digo isto: sozinhas vocês não entram!
O que não era mal encarado sugeriu amável:
— Porque o senhor não aluga aqui ao lado uma fantasia?
Crispiniano passou a língua nos lábios. As odaliscas não esperaram mais nada para estremecer com pavor da explosão. Todos os

olhares bateram em Crispiniano B. de Jesus.
Porêm Crispiniano sorriu. Riu mesmo. Riu.
Riu mesmo. E disse com voz trêmula:
— Mas se eu estou fantasiado!
— Como fantasiado?
— De Cristo!
— Que brincadeira é essa?
— Não é brincadeira: é ver-da-de!
E fêz uma cara tal que as portas do salão se abriram como braços (de uma cruz).

# O LÍRICO LAMARTINE

(DESEMBARGADOR LAMARTINE DE CAMPOS)

LARANJA DA CHINA

Desembargador. Um metro e setenta e dois centímetros culminando na careca aberta a todos os pensamentos nobres, desinteressados, equânimes. E o fraque. O fraque austero como convem a um substituto profano da toga. E os óculos. Sim: os óculos. E o anelão de rubi. E' verdade: o rutilante anelão de rubi. E o todo de balança. Principalmente o todo de balança. O tronco têso, a horizontalidade dos ombros, os braços a prumo. Que é que carrega na mão direita? A pasta. A divina Temis não se vê. Mas está atrás. Naturalmente. Sustentando sua balança. Sua balança: o desembargador Lamartine de Campos.
 Aí vem êle.

Paletó de pijama sim. Mas colarinho alto.
— Joaquina, sirva o café.
Por enquanto o sofá da saleta ainda chega para dona Hortênsia. Mas amanhã? No entanto o desembargador deslisa um olhar untuoso sôbre os untos da metade. O pêso da esposa sem dúvida possível é o índice de sua carreira de magistrado. Quando o desembargador se casou (era promotor público e tinha uma capa espanhola forrada de seda carmesim) dona Hortênsia pesava cincoenta e cinco quilos. Juíz municipal: dona Hortênsia foi até sessenta e seis e meio. Juíz de direito: dona Hortênsia fêz um esforço e alcançou setenta e nove. Lista de merecimento: oitenta e cinco na balança da Estação da Luz deante de testemunhas. Desembargador: noventa e quatro quilos novecentas e cincoenta gramas. E dona Hortênsia prometia ainda. Mais uns sete quilos (talvez nem tanto) o desembargador está aí está feito ministro do Supremo Tribunal Federal. E se depois dona Hortênsia num ar-

LARANJA DA CHINA

ranque supremo alargasse ainda mais as suas fronteiras nativas? Lamartine punha tudo nas mãos de Deus.
— Porque está olhando tanto para mim? Nunca me viu mais gorda?
— Verei ainda se a sorte não me for madrasta! Vou trabalhar.
A substância gorda como que diz: Ás ordens.

Duas voltas na chave. A cadeira giratória geme sob o desembargador. Abre a pasta. Tira o DIÁRIO OFICIAL. De dentro do DIÁRIO OFICIAL tira O COLIBRI. Abre O COLIBRI. Molha o indicador na língua. E vira as páginas. Vai virando aceleradamente. Sofreguidão. Enfim: CAIXA DO O COLIBRI. Na primeira coluna: nada. Na segunda: nada. Na terceira: sim. Bem em baixo: **Pajem enamorado (São Paulo) — Muito chocho o terceto final de seu soneto SEGREDOS DA ALCOVA. Anime-o e volte querendo.**

Não?
Segunda gaveta á esquerda. No fundo.
Cá está.

**Então beijando o teu corpo formoso
Arquejo e palpito e suspiro e gemo
Na doce febre do divino gôzo!**

Chocho?
Releitura. Meditação ( a pena no tinteiro). Primeira emenda: mordendo em lugar de beijando.
Chocho?
Declamação veemente. Segunda emenda: febre ardente em lugar de doce febre.
Chocho?
Mais alma. Mais alma.
A imaginação vira as asas do moinho da poesia.

# O INGÊNUO DAGOBERTO

### (SEU DAGOBERTO PIEDADE)

LARANJA DA CHINA

Deante da porta da loja pararam. Seu Dagoberto carregava o menorzinho. Silvana a maleta das fraldas. Nharinha segurava na mão do Polidoro que segurava na mão do Gaudêncio. Qúim tomava conta do pacote de balas. Lázaro Salem veiu correndo do balcão e obrigou a família a entrar.

Seu Dagoberto queria um paletó de alpaca. A mulher queria um corte de cassa verde ou então côr-de-rosa. A filha queria uma bolsinha de couro com espelho e lata para o pó de arroz. O menino de dez anos queria uma bengalinha. O de oito e meio queria um chapéu bem vermelho. O de sete queria tudo.

E' só escolher.

O menorzinho queria mamar.

— Leite não tem.
Não há nada como uma piada na hora para pôr toda a gente á vontade. Principalmente de um negociante como Lázaro Salem. Bateu nas bochechas do Gaudêncio. Deu uma bola de celuloide para o Quim. Perguntou para Silvana onde arranjou aquêles dentes de ouro tão bem feitos. Estava se vendo que era ouro de dezoito quilates. Falou. Falou. Não deixou os outros falarem. Jurou por Deus.
Entre marido e mulher houve um entendimento mudo. E a família saiu cheinha de embrulhos. Em direcção ao Jardim da Luz.

O pavão estava só á espera dos visitantes para abrir a cauda. O veadinho quási ficou com a mão do Gaudêncio. Os macacos exibiram seus melhores exercícios acrobáticos. Quando araponga inventa de abrir o bico só tapando o ouvido mesmo.
Depois o fotógrafo espanhol se aproximou de chapéu na mão. Seu Dagoberto con-

cordou logo. Porêm Silvana relutou. Tinha vergonha. Deante de tanta gente. Só se fosse mais longe. O espanhol demonstrou que o melhor lugar era ali mesmo ao lado da herma de Garibaldi general italiano muito amigo do Brasil. Já falecido não há dúvida. Acabou-se. Garibaldi sairia tambêm no retrato. Nem se discute. A família deixou os pacotes no banco e se perfilou deante da objectiva. Parecia uma escada. O fotógrafo não gostou da posição. Colocou os pais nas pontas. Cinco passos atrás. Estudou o efeito. Passou os pais para o meio. Cinco passos atrás. Ótimo. Enfiou a cabeça debaixo do pano. Magnífico. Ninguêm se mexia. Atenção. Aí Jujú derrubou a chupeta de bola e soltou o primeiro berro no ouvido paterno. Foi para os braços da mãe. Soltou o segundo. O fotógrafo quiz acalma-lo com gracinhas. Soltou o terceiro. Polidoro mostrou a bengalinha. Soltou o quarto. O grupo se desfez. Quinze minutos depois estava firme de novo ás ordens do artista. O artista solicitou a gentileza de um sorriso artístico. Silvana pôs a mão na bôca e principiou a rir sincopado. O artista teve a paciência de esperar uns instantes. Pronto. Cravaram os olhos na objectiva. O fotógrafo pediu o sorriso.

— O Jujú tambêm?

Polidoro (o inteligente da família) voou longe com o tabefe nas ventas.

Depois da sexta tentativa o retrato saiu tremido e o espanhol cobrou doze mil réis por meia dúzia.

A família se aboletou no primeiro banco do caradura. Mas antes o Quim brigou com o Gaudêncio porque êle é que queria ir sentado. Com o beliscão maternal se conformou e ficou em pé deante do pai. O bonde partiu. Polidoro quiz passar para a ponta para pagar as passagens. Mas olhou para o Quim ainda com as pestanas gotejando. Desistiu da idea. E foi seu Dagoberto mesmo quem pagou.

O bicho saiu de baixo do banco. Ficou uns segundos parado na beirada entre as pernas do sujeito que ia lendo ao lado de seu Dagoberto. Quim viu o bicho mas fi-

# LARANJA DA CHINA

cou quieto. E o bicho subiu no joelho esquerdo do homem (o homem lendo, Quim espiando). Foi subindo pela perna. Alcançou a barriga. Foi subindo. Tinha um modo de andar engraçado. Foi subindo. Alcançou a manga do paletó. Parou. Levantou as asas. Não voou. Continuou a escalada. Quim deu uma cotovelada no estômago do pai e mostrou o bicho com os olhos. Seu Dagoberto afastou-se um pouquinho, bateu no braço de Silvana, mostrou o bicho com a cabeça. Silvana esticou o pescoço (o bicho já estava no ombro), achou graça, falou baixinho no ouvido do Gaudêncio. Gaudêncio deixou o colo da Nharinha, ficou em pé, custou a encontrar o bicho, encontrou, puxou o Polidoro pelo braço, apontou com o dedo. Polidoro viu o bicho bem em cima na gola do paletó do homem, não quiz mais saber de ficar sentado. Então Nharinha fêz tambêm um esforço e deu com o bicho. Virou o rosto de outro lado e soltou umas risadinhas nervosas.

— Que é que você acha? Aviso?
— O homem é capaz de ficar zangado.
— E' mesmo. Nem fale.

Na curva da gola o bicho parou outra vez. Nêsse instante o Gaudêncio deu um berro:

— E' aeroplano!

Todos abaixaram a cabeça para espiar o céu. O ronco passou. Então o Quim falou assustado:

— Desapareceu!

Olharam: tinha desaparecido.

— Entrou no homem, papai!

Seu Dagoberto assombrado examinou a cara do homem. Será? Impossível. Começou a ficar inquieto. Fêz o Quim virar de todos os lados. Não. No Quim não estava.

— Olhe em mim.

Não. Nêle tambêm não estava.

— Veja no Jujú, Silvana.

Não. No Jujú tambêm não estava. Ué. Mas será possível?

O Quim avisou:

— Apareceu!

Olharam: apareceu no colarinho do homem. Passeou pelo colarinho. Parou. Eta. Eta. Passou para o pescoço. O homem deu um tapa ligeiro. Todos sorriram.

# LARANJA DA CHINA

Tinham chegado no Parque Antártica.

Polidoro não queria descer do balanço. Não queria por bem. Desceu por mal. Em tôrno da roda-gigante os águias estacionavam com os olhos nas pernas das moças que giravam. Famílias de roupa branca esmagavam o pedregulho dos caminhos. Nharinha de vez em quando dava uma grelada para o moço de lenço sulfurino com um cravo na mão. Jujú começou a implicar com as valsas vienenses da banda. A galinha do caramanchão ficou com os duzentos réis e não pôs ovo nenhum. Foram tomar gasosa no restaurante. Seu Dagoberto foi roubado no trôco. O calor punha lenços no pescoço dos portugueses com o elástico da palheta preso na lapela florida. Quim perdeu-se no mundão que vinha do campo de futebol. O moço de lenço sulfurino encostou-se em Nharinha. Ela ficou escarlate que nem o cravo que escondeu dentro da bolsa.

No bonde Silvana disfarçadamente livrou os pés dos sapatos de pelica preta envernizada com tiras verdes atravessadas.

Depois do jantar (mal servido) seu Dagoberto saiu do Grande Hotel e Pensão do Sol (Familiar) palitando os dentes caninos. Foi espairecer na Estação da Luz. Assistiu á chegada de dois trens de Santos. Acendeu um goiano. Atravessou a rua José Paulino. Parou na esquina da avenida Tiradentes. Sapeando o movimento. Mulatas riam com soldados de folga. Dois homens bem trajados e simpáticos lhe pediram fogo. Dagoberto deu.

— Muito gratos pela sua gentileza.
— Não tem de quê.
— Está fazendo um calorzinho danado, não acha?
— E'. Mas esta noite chove na certa.

Seu Dagoberto ficou sabendo que os homens eram de Itapira. Tinham chegado naquêle mesmo dia ás onze horas. E deviam voltar logo amanhã cedo e sem falta. Uma pena que ficassem tão pouco tempo. Seu Dagoberto com muito gôsto lhes mostraria as belezas da cidade. Conversando desceram lentamente a avenida Tiradentes. Na esquina da Cadeia Pública seu Dagoberto trocou três camarões de duzentos e mais um relógio com uma corrente e três medalhinhas (duas de ouro) por oito contos de réis. E voltou para o Grande Hotel e Pensão do Sol (Familiar) que nem uma bala.

(Napoleão da Natividade, filho tinha o hábito feio de coçar a barriga quando se afundava na rêde de pijama e chinelo sem meia. A mulher — a segunda que a primeira morrera de uma moléstia no fígado — preferia a cadeira de balanço.
— Você me vê os óculos por favor?
O melhor dêste jornal são os títulos. A gente sabe logo do que se trata. **FOI BUSCAR LÁ..., QUEM COM FERRO FERE..., AMOR E MORTE.** Aquela miséria de sempre.

Aquela miséria de sempre. Aquela miséria de... **MAIS UM!** Mas então os trouxas não acabam mesmo.

Depois que ficou ciente da abertura do inquérito a mulher concordou:

— Parece impossível!
— Nada é impossível.

A dissertação sôbre a bobice humana foi feita com os óculos na testa.)


A indignação de Silvana não conheceu limites.

— Seu bocó! Devia ter contado o dinheiro na frente dos homens! Seu bêsta!

A filharada não dava um pio. Nem seu Dagoberto.

— Não merece a mulher que tem! Seu fivela!

Seu Dagoberto custou mas foi perdendo a paciência e tirando o paletó.

— Seu burro! Seu caipira!

Aí seu Dagoberto não aguentou mais.

Avançou para a mulher mordendo os bigodes. Nharinha aos gritos se pôs entre os dois de braços abertos. Os meninos correram para o vão da janela.

— Venha, seu pindoba! Venha que eu não tenho medo!

O pindoba se conteve para evitar escândalos. Vestiu o paletó. Fincou o chapéu na testa. Roncou feio. Só vendo o olhar. Bateu a porta com tôda a força. Tornou a abrir a porta. Pegou o bengalão que estava em cima da cama. Saiu sem fechar a porta.

Tarde da noite voltou contente da vida. Contando uma história muito complicada de mulheres e de um tal Claudionor que sustentava a família. Queria beijar Silvana no cangote cheiroso. Chamando-a de pedaço. E gritava:

— Tambêm não quero saber mais dela!

Silvana deu um tranco nêle. Êle foi e caiu atravessado na cama. Caiu e ferrou no sono.

## ANTÓNIO DE ALCÂNTARA MACHADO

Quando chegou o dinheiro para a conta do hotel e a viajem de volta Silvana pegou numa nota de cinco mil réis, entregou por muito favor ao marido e escondeu o resto.

Depois chamou a Nharinha para ajudar a aprontar as malas. A' voz de aprontar as malas Nharinha rompeu numa choradeira incrível. Já estava se acostumando com a vida da cidade. Frisara os cabelos. Arranjara um andarzinho todo rebolado. Vivia passando a língua nos lábios. Comprara o último retrato de Buck Jones. E alimentava uma paixão exaltada pelo turco da rua Brigadeiro Tobias n. 24-D sobrado. Só porque o turco usava costeletas. Um perigo em suma.

Mas a mãe pôs as mãos nas cadeiras e fungou forte. Quando Silvana punha as mãos nas cadeiras e fungava forte a família já ficava avisada: era inútil qualquer resistência. Inútil e perigosa.

Nharinha perdeu logo a vontade de chorar. Em dois tempos as malas de papel-couro e o baú côr-de-rosa com passarinhos voando de raminho no bico ficaram prontos.

A família desceu. Silvana pagou a con-

# LARANJA DA CHINA

ta. A família já estava na porta da rua quando seu Dagoberto largou o baú no chão e deu de procurar qualquer cousa apalpando-se todo. A família escancarou os olhos para êle interrogativamente. Seu Dagoberto cada vez mais aflito acelerava as apalpdelas. De repente abriu a bôca e disparou pela escada acima. Voltou todo pimpão com um bolo de recortes de jornal e bilhetes de loteria na mão. Silvana compreendeu. Ficou verde de raiva. Ia se dar qualquer desgraça. Porêm ficou quieta. Fungou só um instantinho. Depois intimou:

— Vamos!

Aí o proprietário do hotel perguntou limpando as unhas para onde seguia a família. Aí Silvana não se conteve, desviou a nariz da mão do Jujú e respondeu bem alto para toda a gente ouvir:

— Pro inferno, seu Roque!

Aí seu Roque fêz que sim com a cabeça.

# O AVENTUREIRO ULISSES

(ULISSES SERAPIÃO RODRIGUES)

# LARANJA DA CHINA

Ainda tinha duzentos réis. E como eram sua única fortuna meteu a mão no bolso e segurou a moeda. Ficou com ela na mão fechada.

Nêsse instante estava na avenida Celso Garcia. E sentia no peito todo o frio da manhã.

Duzentão. Quer dizer: dois sorvetes de casquinha. Pouco.

Ah! muito sofre quem padece. Muito sofre quem padece? E' uma canção de Sorocaba. Não. Não é. Então que é? Mui-to so-fre quem pa-de-ce. Alguêm dizia isto sempre. Etelvina? Seu Cosme? Com certeza Etelvina que vivia amando toda a gente. Até êle. Sujeitinha impossível. Só vendo o geito de olhar dela.

Bobagens. O melhor é ir andando.
Foi.

Pé no chão é bom só na roça. Na cidade é uma porcaria. Toda a gente estranha. E' verdade. Agora é que êle reparava direito: ninguêm andava descalço. Sentiu um mal-estar horrível. As mãos a gente ainda esconde nos bolsos. Mas os pés? Cousa hororosa. Desafogou a cintura. Puxou as calças para baixo. Encolheu os artelhos. Deu dez passos assim. Pipocas. Não dava geito mesmo. Pipocas. A gente da cidade que vá bugiar no inferno. Ajustou a cintura. Levantou as calças acima dos tornozelos. Acintosamente. E muito vermelho foi jogando os pés na calça da. Andando duro como se estivesse calçado.

— ESTADO! COMÉRCIO! A FOLHA!

Sem querer procurou o vendedor. Olhou de um lado. Olhou de outro.

— FANFULLA! A FOLHA!
Virou-se.

— ESTADO! COMÉRCIO!

# LARANJA DA CHINA

Olhou para cima. Olhou longe. Olhou perto.

Diacho. Parece impossível.

— SÃO PAULO-JORNAL!

Quási derrubou o homem na esquina. O italiano perguntou logo:

— Qual é?

Atrapalhou-se todo:

— Eu não sei não senhor.

— Então leva O ESTADO!

Pegou o jornal. Ficou com êle na mão feito bobo.

— Duzentos!

Quási chorou. O homem arrancou-lhe a moeda dos dedos que tremiam. E êle continuou a andar. Com o jornal debaixo do braço. Mas sua vontade era voltar, chamar o homem, devolver o jornal, readquirir o duzentão. Mas não podia. Porque não podia? Não sabia. Continuou andando. Mas sua vontade era voltar. Mas não podia. Não podia. Não podia. Continuou andando.

Que remédio senão se conformar? Não tomava o sorvete. Dois sorvetes. Dois. Mas tinha O ESTADO. O ESTADO DE SÃO PAU-

LO. Pois é. O jornal ficava com êle. Mas para quê, meu Espírito Santo? Enguliu um soluço e sentiu vergonha.

Nêsse instante já estava em frente do Instituto Disciplinar.

Abaixou-se. Catou uma pedra. Pá! Na árvore. Bem no meio do tronco. Catou outra. Pá! No cachorro. Bem no meio da barriga. Direcção assim nem a do cabo Zulmiro. Ficou muito, mas muito contente consigo mesmo. Cabra bom. E isso não era nada. Há dois anos na Fazenda Sinhá-Moça depois de cinco pedradas certeiras o doutor delegado ( o que bebia, coitado) lhe disse: Dêsse geito você poderá fazer bonito até no estrangeiro!

Eta topada. A gente vai assim pensando em cousas e nem repara onde mete o pé. E' topada na certa. Eh! Eh! Topada certeira tambêm. Puxa. Tudo certeiro.

Agora não é nada mau descançar aqui á sombra do muro.

O automovel passou com poeira atrás. Diabo. Pegou num pauzinho e desenhou um quadrado no chão vermelho. Depois escreveu dentro do quadrado em diagonal: SAUDA-

LARANJA DA CHINA

DE-1927. Desmanchou tudo com o pé. Traçou um círculo. Dentro do círculo outro menor. Mais outro. Outro. Ainda outro bem pequetitito. Ainda outro: um pontinho só. Não achou mais geito. Ficou pensando, pensando, pensando. Com a ponta do cavaco furando o pontinho. Deu um risco nervoso cortando os círculos e escreveu fora dêles sem levantar a ponta: FIM. Só que escreveu com n. E afundou numa tristeza sem conta.
Cinco minutos banzados.
E abriu o jornal. Pulou de coluna em coluna. Até os olhos da Pola Negri nos anúncios de cinema. Boniteza de olhos. Com o fura-bolos rasgou a bôca, rasgou a testa. Ficaram só os olhos. Deu um sôco: não ficou nada. Jogou o jornal. Ergueu-o novamente. Abriu na quarta página. E leu logo de cara: **ULISSES SERAPIÃO RODRIGUES — No dia 13 do corrente desapareceu do Sítio Capivara, município de Sorocaba, um rapaz de nome Ulisses Serapião Rodrigues tomando rumo ignorado. Tem 22 anos, é baixo, moreno carregado e magro. Pode ser reconhecido facilmente por uma cicatriz que tem no quei-**

xo em forma de estrêla. Na ocasião de seu desaparecimento estava descalço, sem colarinho e vestia um terno de brim azul-pavão. Quem souber de seu paradeiro tenha a bondade de escrever para a Caixa Postal 00 naquela cidade que será bem gratificado.

Cousas assim a gente lê duas vezes. Leu. Depois arrancou a notícia do jornal. E foi picando, picando, picando até não poder mais. O vento correu com os pedacinhos.

Então êle levou a mão no queixo. Esfregou. Esfregou bastante. Levantou-se. Foi andando devagarzinho. Viu um sujeito a cincoenta metros. Começou a tremer. O sujeito veiu vindo. Sempre na sua direcção. Quiz assobiar. Não pôde. Nunca se viu ninguêm assobiar de mão no queixo. O sujeito estava pertinho já. Pensou: Quando êle fôr se chegando eu cuspo de lado e pronto. Começou a preparar a saliva. Mas cuspir é ofensa. Enguliu a saliva. O sujeito passou com o dedo no nariz. Arre. Tirou a mão do queixo. Endireitou o corpo. Apressou o passo. Foi ficando mais calmo. Até corajoso.

Parou bem juntinho dos operários da Light.

# LARANJA DA CHINA

O mulato segurava no pedaço de ferro. O estoniano descia o malho: pan! pan! pan! E o ferro ia afundando no dormente. Nem o mulato nem o estoniano levantaram os olhos. Êle ficou ali guardando as pancadas nos ouvidos.

O mulato cuspiu o cigarro e começou:

> **Mulher, a Penha está aí,**
> **Eu lá não posso**...

Que é que deu nêle de repente?
— Seu moço! Seu moço!
A canção parou.
— Faz favor de dizer onde é que fica a Penha?
O mulato levantou a mão:
— Siga os trilhos do bonde!
Então êle deu um puxão nos músculos. E seguiu firme com os olhos bem abertos e a mão no peito apertando os bentinhos.

# A PIEDOSA TERESA

(DONA TERESA FERREIRA)

# LARANJA DA CHINA

Atmosfera de cauda de procissão. Bodum.
Os homens formam duas filas deante do altar de São Gonçalo. São Gonçalo está enfaixado como um recêmnascido. Azul e branco. Entre palmas de São José. Estrêlas prateadas no céu de papel de seda.
Os violeiros puxando a reza e encabeçando as filas fazem reverências. Viram-se para os outros. E os outros dançam com êles. Batepé no chão de terra socada. Pan-pan-pan-pan! Pan-pan! Pan! Pan-pan-pan-pan! Pan-pan! Param de repente.
Para bater palmas. Pla-pla-pla-plá! Pla-plá! Plá! Pla-pla-pla-plá! Pla-plá! Param de repente.

Para os violeiros cantarem viola no queixo:

**E' êste o primero velso
Qu'eu canto pra São Gonçalo**

— Senta aí mesmo no chão, Benedito! Tu não é mió que os outro, diabo!

**E' êste o primero velso
Qu'eu canto pra São Gonçalo**

E o côro começa grosso, grosso. Rola subindo. Desce fino, fino. Mistura-se. Prolonga-se. Ôooôh! Aaaah! Ôaaôh! Ôaiiiih! Um guincho.

O violeiro de olhos apertados cumprimenta o companheiro. E marcha seguido pela fila. Dá uma volta. Reverências para a direita. Reverências para a esquerda. Ninguêm pisca. Volta para o seu lugar.

— Entra, seu Casimiro!

O japonês Kashamira entra com a mulher e o filhinho brasileiros de roupa de brim. Inclina-se deante de São Gonçalo. Acocora-se.

LARANJA DA CHINA

O acompanhamento das violas feito de três compassos não cansa. Nos cantos sombreados os assistentes têm rosários nas mãos. No centro da sala de cinco por quatro a lâmpada de azeite dança tambêm.

**Minha bôca está cantando
Meu coração lhe adorando**

Cabeças mulatas espiam nas janelas. A porta é um monte de gente. Dona Teresa desdentada recebe os convidados.

— Não vê que meu defunto seu Vieira tá enterrado já há dois ano... Faiz mesmo dois ano agora no Natar.

Pan-pan-pan-pan! Pan-pan! Pan!

— A arma dêle tá penando aí por êsse mundo de Deus sem podê entrá no céu.

Pla-pla-pla-plá! Pla-plá!

— Eu antão quiz fazê esta oração pra São Gonçalo deixá êle entrá.

**Vou mandá fazê um barquinho
Da raiz do alecrim**

O menino de oito anos aumenta a fila da

direita. A folhinha da parede é uma paisagem de neve. Mas tem um sol. E o guerreiro com uma bandeirinha auriverde no peito espeta o sol com a espada. EMPÓRIO TUIUTÍ.

**Pra embarcá meu São Gonçalo
Do promá pro seu jardim**

Desafinação sublime do côro. Os rezadores sacodem o corpo. Trocam de posição. Enfrentam-se. Dois a dois avançam, cumprimento aqui, cumprimento ali, tocam-se ombro contra ombro, voltam para os seus lugares. O negro de pala é o melhor dançarino da quadrilha religiosa.

**São Gonçalo é um bom santo
Por livrá seu pai da forca**

Só a cazinha de barro alumiando a escuridão.
— Não vê que o Crispim tambêm pegou uma doença danada. Não havia geito de sará. O coitado quiz até se enforcá num pé de bananeira!

LARANJA DA CHINA

Dona Teresa é viuva. Viuva de um português. Mas nem oito dias passados dona Teresa se ajuntou com o Crispim. A filhinha dela ri enleada e é namorada de um polaco. Na Fazenda Santa Maria está sozinha pela sua boniteza. Dona Teresa cuida da alma do morto e do corpo do vivo. No carnaval dêste ano organizou um cordão. Cordão dos Filhos da Cruz. Dona Teresa é pecadora mas tem sua religião. Todos gostam dela em toda a extensão da Estrada da Cachoeira. Dona Teresa é geitosa, consegue tudo e ainda por cima é pagodeira.

**Artá de São Gonçalo**
**Artá de nossa oração**

— Nóis antão fizemo uma promessa que se Crispim sarasse nóis fazia esta festinha.

**Foi promessa que sarando**
**Será seu precuradô**

As violas tem um som, um som só. E' proibido fumar dentro da sala. Chega gente.

**135**

# ANTÓNIO DE ALCÂNTARA MACHADO

**São Gonçalo tava longe**
**De longe já tá bem perto**

Um a um curvam-se deante do altar. O violeiro de olhos apertados está de sobretudo. Negros de pé no chão.
— Nóis tamo memo emprestado nêste mundo.
Cantando cruzam a salinha quente. Amor castiga a gente. Olhe a Rosa que não quiz casar com o sobrinho do poceiro. Não houve conselho de mãe, não houve ameaça de pai nem nada. Fincou o pé. E fugiu com o italiano casado carregado de filhos. Um até de mama. Não tinham parada. Agora, agora está aí judiada com o ventre redondo. São Gonçalo tenha dó da coitada.

**Abençoada seja a mão**
**Que enfeitô êste oratório**

O preto de pala dá um tropicão engraçado. E a mulher de azul-celeste dá uma risada sem respeito. O bico do peito escapuliu da bôca do filho.

# LARANJA DA CHINA

Da dança de São Gonçalo
Ninguêm deve caçoá

Ôooôh! Aaaah! Ôaiiiih!

**São Gonçalo é vingativo
Êle pode castigá**

Silêncio na assistência descalça. As bandeirinhas de todas as côres riscam um x em cima dos dançarinos. Atrás da casa tem cachaça do Corisco.
— Depois é a veiz das moça. Quem quizé pode pegá o santo e dançá com êle encostado no lugá doente.

**Onde chega os pecadô
Ajoeai pedi perdão**

O estouro dos foguetes ronca no vale fundo. Anda um ventinho frio cercando a casa.

**São Gonçalo tá sentado
Com sua fita na cintura**

O caboclo louro puxa a faca e esgaravata o dedão do pé.
— São seis reza de hora e meia cada mais ou meno. Pro santo ficá sastifeito.

**Lá no céu será enfeitado
Pla mão de Nossa Sinhora**

Pan-pan-pan-pan! Pan-pan! Pla-pla-pla-plá! Pla-plá! Plá! Pla-pla-pla-plá!

**Oratório tão bunito
Cuma luz a alumiá**

De cima do montão de lenha a gente vê São Paulo deitada lá em baixo com os olhos de gato espiando a Serra da Cantareira. Nosso céu tem mais estrêlas.

**São Gonçalo foi em Roma
Visitá Nosso Sinhô**

Dona Teresa parece uma pata.
— Só acaba aminhã, sim sinhô! Vai até o meio-dia, sim sinhô! E acaba tudo ajoeiado, sim sinhô!

LARANJA DA CHINA

Ôooôh! Aaaah! Ôaaôh! Ôaôaiiiih! Primeiro é órgão. Canto-chão. Depois carro de boi. No finzinho então.

**Sinhora de Deus convelso
Padre Filho Esprito Santo**

Quem guincha é mesmo o caipira de bigodes exagerados.

# O TÍMIDO JOSÉ
### (JOSÉ BORBA)

# LARANJA DA CHINA

Estava ali esperando o bonde. O último bonde que ia para a Lapa. A garoa descia brincando no ar. Levantou a gola do paletó, desceu a aba do chapéu, enfiou as mãos nos bolsos das calças. O sujeito ao lado falou: O nevoeiro já tomou conta do Anhangabaú. Começou a bater com os pés no asfalto molhado. Olhou o relógio: dez para as duas. A sensação sem propósito de estar sozinho, sozinho, sem ninguêm é que o desanimava. Não podia ficar quieto. Precisava fazer qualquer cousa. Pensou numa. Olhou o relógio: sete para as duas. Tarde. A Lapa é longe. De vez em quando ia até o meio dos trilhos para ver se via as luzinhas do bonde. O sujeito ao lado falou: E' bem capaz de já ter passado. Me-

ANTÓNIO DE ALCÂNTARA MACHADO

dindo os passos foi até o refúgio. Alguêm atravessou a praça. Vinha ao encontro dêle. Uma mulher. Uma mulher com uma pele no pescoço. Tinha certeza que ia acontecer alguma cousa. A mulher parou a dois metros se tanto. Olhou para êle. Desviou os olhos, puxou o relógio.

— Pode me dizer que horas são?
— Duas. Duas menos três minutos.

Agradeceu e sorriu. Se o Anísio estivesse ali diria logo que era um gado e atracaria o gado. Êle se afastou. Disfarçadamente examinava a mulher. Aquilo era fácil. O Anísio? O Anísio já teria dado um geito. Na bôca é que a gente conhece a senvergonhice da mulher. Parecia nervosa. Abriu a bolsa, mexeu na bolsa, fechou a bolsa. E caminhou na direcção dêle. Êle ficou frio sem saber que fazer. Passou ralando sem um olhar. Tomou o viaduto. O bonde vinha vindo. O nevoeiro atrapalhava a vista mas parece que ela olhou para trás. Mais uns segundos perdia o bonde. O último bonde que ia para a Lapa. Achou que era uma besteira não ir dormir. Resolveu ir. O bonde parou deante do refúgio. Seguiu.

Correndo um bocadinho ainda pegava. Agora não pegava mais nem que disparasse. Ficar com raiva de si mesmo é a cousa peor dêste mundo. Pôs um cigarro na bôca. Não tinha fósforos. Virando o cigarro nos dedos seguiu pelo viaduto. Apressou o passo. Não se enxergava nada. De repente era capaz de esbarrar com a mulher. Tomou a outra calçada. Esbarrar não. Mas precisava encontrar. Afinal de contas estava fazendo papel de trouxa.

Quem sabe se seguiu pela rua barão de Itapetininga? Mais depressa não podia andar. Garoar garoava sempre. Mas ali o nevoeiro já não era tanto felizmente. Decidiu. Iria indo no caminho da Lapa. Se encontrasse a mulher bem. Se não encontrasse paciência. Não iria procurar. Iria é para casa. Afinal de contas era mesmo um trouxa. Quando podia não quiz. Agora que era difícil queria.

Estava parada na esquina. E virada para o lado dêle. Foi diminuindo o andar. Ficou atrás do poste. Procurava ver sem ser visto. Alguma cousa lhe dizia que era aquêle o momento. Porêm não se decidia e pensava no bonde da Lapa que já ia longe. Para sair dali esperava que ela andasse. Impacientava-se. BARBEARIA BRILHANTE. Dezoito letras. Se continuava parada é que esperava alguêm. Se fosse êle era uma boa massada. Sua esperança estava na varredeira da Limpeza Pública que vinha chegando. A poeira a afugentaria. Nem se lembrava de que estava garoando. Pôs o lenço no rosto.

A mulher recomeçou a andar. Até que enfim. E êle tambêm rente aos prédios. Agora já tinha desistido. Viu as horas: duas e um quarto. Antes das três e meia não chegaria na Lapa. Talvez caminhando bem depressa. Precisava desviar da mulher senão era capaz de parar de novo e pronto. Daria a volta na praça. Ela tinha tomado a rua do meio. Então reparou que outro tambêm começara a seguir a sujeita. Um tipo de capa batendo nos calcanhares e parecia velho. Primeiro teve curiosidade. Curiosidade má. Depois uma espécie de despeito, de ciume, de orgulho ferido, qualquer cousa assim. Nem êle nem ninguêm. Cada vez apressava mais o passo. O tipo parou para acender o cigarro. Era velho mes-

## LARANJA DA CHINA

mo, tinha bigodes brancos caídos, usava galochas e se via na cara a satisfação. Não. Isso é que não. Nem êle nem o velho nem ninguêm. Nem que tivesse de brigar. Mas porque não êle mesmo? Resolveu: seria êle mesmo.

Via a ponta da pele caída nas costas. De repente ela parou e sentou-se num banco. Sentia o velho rente. E agora? Fêz um esforço para que as pernas não parassem. A mulher virou o rosto na direcção dêle. Quem é que estava olhando? O velho? Mas a sujeita endireitou logo o rosto, abaixou a cabeça. Vai ver que olhava sem ver. Passou como um ladrão, o coração batendo forte e sentou-se dois bancos adeante. Prova de audácia sim. Mas não podia ser de outro modo. O velho tambêm passou, passou devagarzinho, depois de passar ainda se virou mas não parou. Tinha receio de suportar o olhar do velho. Começou a passar o lenço no rosto. Já era pavor mesmo. Por isso tremia. O velho continuou. Dava uns passos, virava para trás, andava mais um pouquinho, virava de novo. No fim da praça ficou encostado numa árvore.

ANTÓNIO DE ALCÂNTARA MACHADO

A sujeita se levantou, deu um geito na pele, veiu vindo. Com toda a coragem a fixava. Impossível que deixasse escapar de novo a ocasião. Bastaria um sorrisozinho. Mas nem um olhar quanto mais um sorriso. Mulher é assim mesmo: facilita, facilita até demais e depois nada. Só dando mesmo pancada como recommendava o Anísio. Bombeiro é que sabe tratar mulher. Já estava ali mesmo: seguiu-a. O velho estava esperando com todo o cinismo. O gôzo dêle foi que quando ela ia chegando pegou outra rua do jardim e o velho ficou no ora veja. Vá ser cínico na praia. Não é que o raio da sujeita apressou o passo? Melhor. Quanto mais longe melhor. Preferia assim porque no fundo era um trouxa mesmo. Reconhecia.

Ela esperou que o automóvel passasse (tinha mulheres dentro cantando) para depois atravessar a rua correndo e desaparecer na esquina. Então êle quási que corria tambêm. Dobrou a esquina. Um homem sem chapéu e sem paletó (naquela humidade) gritava palavrões na cara da sujeita que chorava. A' primeira vista pensou até que não fosse ela.

LARANJA DA CHINA

Mas era. Dando com êle o homem segurou-a por um braço (ela dizia que estava doendo) e com um safanão jogou-a para dentro do portão. E fechou o portão immediatamente. Uma janela se iluminou na cazinha cinzenta. Ficou ali de olhos esbugalhados. Alguêm dobrou a esquina. Era o velho. Maldito velho. Então seguiu. E o outro atrás.
 Nem tinha tempo de pensar em nada. Lapa. Lapa. Puxou o relógio: vinte e cinco para as três. Um quarto para as quatro em casa. E que frio. E o velho atrás. Virou-se estupidamente. O velho fêz-lhe um sinal. O quê? Não queria conversa. Não falava com quem não conhecia. Cada pé dentro de um quadrado no cimento da calçada. Assim era obrigado a caminhar ligeiro.
 — Faz favor, seu!
 Favor nada. Mas o velho o alcançou. Não podia deixar de ser um canalha.
 — Diga uma cousa: conhece aquêle chaveco?
 Fechou a cara. Continuou como se não tivesse ouvido. Mas o homem parecia que es-

tava disposto a acompanha-lo. Parou. Perguntou desesperado:
— Que é que o senhor quer?
Por mais um pouco chorava.
— Onde é que ela mora?
— Não sei! Não sei de nada!
O velho começou a entrar em detalhes indecentes. Não aguentou mais, fêz um gesto com a mão e disparou. Ouvia o velho dizer: Que é que há? Que é que há? Corria com as mãos fechando a gola do paletó. Só depois de muito tempo pegou no passo de novo. Porque estava ofegante a garganta doia com o ar da madrugada. Lapa. Lapa. E pensava: A esta hora é capaz de ainda estar apanhando.

# LISTA

| | |
|---|---:|
| O REVOLTADO ROBESPIERRE | 9 |
| O PATRIOTA WASHINGTON | 17 |
| O FILÓSOFO PLATÃO | 31 |
| A APAIXONADA ELENA | 43 |
| O INTELIGENTE CÍCERO | 53 |
| A INSÍGNE CORNÉLIA | 67 |
| O MÁRTIR JESUS | 83 |
| O LÍRICO LAMARTINE | 97 |
| O INGÊNUO DAGOBERTO | 103 |
| O AVENTUREIRO ULISSES | 119 |
| A PIEDOSA TERESA | 129 |
| O TÍMIDO JOSÉ | 141 |

ACABADO DE IMPRIMIR
A TREZE DE JUNHO DE
MIL NOVECENTOS E VIN-
TE E OITO NAS OFFICINAS
DA EMPREZA GRAPHICA
LIMITADA DESTA CA-
PITAL DE SÃO PAULO

COMENTÁRIOS E NOTAS
À EDIÇÃO FAC-SIMILAR
DE **LARANJA DA CHINA**

## AGRADECIMENTOS

Ao INSTITUTO DE ESTUDOS BRASILEIROS da Universidade de S. Paulo, que me proporcionou condições para a realização deste trabalho.

A Francisco de Assis Barbosa, pelo estímulo constante e ajuda permanente na localização de fontes.

A José Mindlin, que mais de uma vez nos socorreu com cópias em xerox de edições necessárias para a elaboração de variantes e bibliografia desta edição.

Ao Dr. Plinio Doyle, que nos colocou à disposição recortes de críticas sobre o autor e sua obra, complementando nossa levantamento bibliográfico.

E em especial a Sonia Maria de Lara Weiser, que colaborou na tarefa trabalhosa de preparo de originais e Durval de Lara Filho, que realizou as reproduções fotográficas que apresentamos.

C.L.

## PREFACIO

De todos os grandes autores do modernismo brasileiro, Antonio de Alcântara Machado é sem dúvida o que mais se deixou impregnar pelos meios de comunicação visual que começaram a se transformar e adquirir uma nova dimensão em conseqüência da Primeira Guerra Mundial. Compreendeu de relance a importância do grafismo, em toda a infinita diversificação e complexidade de formas, que assumem com o dadaísmo e o surrealismo o **clímax** do movimento de renovação, quase que de liquidação do passado, pelo menos dos modelos tradicionais não de todo desaparecidos e ainda com bastante vitalidade, para resistir ao conflito de 1914-1918.

Antonio de Alcântara Machado foi no Brasil dos primeiros a compreender a influência do grafismo como expressão literária na arte do após-guerra. E soube aplicá-la à sua obra de ficcionista de temas urbanos, voltado para o cotidiano de uma cidade como São Paulo, que então iniciava a sua violenta transformação urbana, na escalada para se tornar em breve o maior centro metropolitano e industrial do país, que em menos de cinqüenta anos daria um salto demográfico sem precedentes.

Sendo além de escritor um jornalista, atento portanto a todas as novidades da época, que na década de 1920 vão desdobrar-se no desenvolvimento do cinema e do rádio, valeu-se da multiplicidade e movimento de imagens, na comunicação direta e instantânea, ao mesmo tempo concisa e dinâmica, características da sua prosa ágil e flexível.

Ao desaparecer com pouco mais de 30 anos, as três obras fundamentais que deixou são tipicamente modernas, e não apenas modernistas, e por isso mesmo representativas como conteúdo artístico desse mundo em ebulição. É o que desde logo surpreende na leitura, sobretudo hoje, das impressões de viagem à Europa, reunidas como num filme, projetado de uma **Pathé-Baby** (1926), e os contos de **Brás, Bexiga e Barra Funda** (1927) e **Laranja da China** (1928), notícias do cotidiano paulistano, flagrantes da classe proletária e da burguesia endinheirada, dos pequenos núcleos de imigrantes, italianos na sua maioria, que vão adensar a classe média ainda rarefeita de pequenos comerciantes e burocratas.

Esses livros de Antonio de Alcântara Machado tinham que ressurgir na sua feição gráfica original, tal como foram criados e publicados, com a .marca inconfundível do autor, cuja presença se afigura patente em todas as páginas impressas dos seus livros, denunciando o rigorismo gráfico com que foram elaboradas e até pensadas.

Daí a sua inclusão no programa de edições fac-similares do Arquivo do Estado de São Paulo, iniciando a série de literatura. É inseparável do texto do grande escritor o volume, com os comentários de Cecília de Lara, com vistas à próxima edição de toda ou quase toda a produção de Antonio de Alcântara Machado, reunindo não apenas a ficção, como também ensaios de crítica literária e de história, crônicas da vida urbana, reportagens e jornalismo de um modo geral, além de uma seleção da correspondência.

Cecília de Lara realiza um trabalho sem paralelo em nossa história literária, após anos a fio, na coleta de um precioso material, submerso em revistas de pequena tiragem, jornais dispersos em hemerotecas e coleções particulares, revistas e jornais de difícil acesso, diga-se de passagem, apesar de modernos ou modernistas, uma tarefa quase heróica de arqueologia heurística, restaurando assim a mensagem de um dos maiores escritores do modernismo. Há de nos dar um Antonio de Alcântara Machado de corpo inteiro ainda não de todo conhecido e reconhecido, ao completar em breve os volumes de toda a sua contribuição, de perene criatividade.

A edição, simultânea das três obras básicas do criador da prosa experimental do modernismo brasileiro, impressa na Imprensa Oficial, por iniciativa do Arquivo do Estado de São Paulo, reveste-se, em suma de um significado todo especial, neste momento em que tanto se fala, e quase nada se faz, no sentido de preservar a memória brasileira, no que ela possui de mais característico e fecundo enquanto expressão e comunicação literárias.

É de inteira justiça agradecer aos que tornaram possível a publicação desta parte preliminar de conjunto da obra de Antonio de Alcântara Machado, que está sendo levantada com tanta pertinácia e competência pela Professora Cecília de Lara.

Junto ao governo do Estado de São Paulo, quero referir-me em primeiro lugar ao governador José Maria Marin e aos seus devotados colaboradores, o secretário de Estado da Cultura, João Carlos Martins, Calim Eid, Secretário Chefe da Casa Civil, o supervisor do Arquivo do Estado, professor José Sebastião Witter, e o diretor-superintendente da Imprensa Oficial, Caio Plínio Aguiar Alves de Lima.

E também à Professora Myriam Ellis, atual diretora do Instituto de Estudos Brasileiros da USP, grande amiga e competente estudiosa, que facultou o uso das primeiras edições de Antonio de Alcântara Machado para a reprodução fac-similar que ora apresentamos.

Todos merecem o nosso apreço de paulistas e brasileiros.

São Paulo, novembro de 1981
Francisco de Assis Barbosa

## SUMÁRIO

AGRADECIMENTOS ............................................. 5
PREFACIO ..................................................... 7
CONSIDERAÇÕES GERAIS ..................................... 11
A ELABORAÇÃO DE **LARANJA DA CHINA** ..................... 13
CRITÉRIOS DESTA EDIÇÃO .................................... 19
REGISTRO DE VARIANTES ..................................... 23
ATUALIZAÇÃO ORTOGRÁFICA E NOTAS ...................... 51
A FORTUNA CRÍTICA DE **BRÁS, BEXIGA, E BARRA FUNDA** ...
E **LARANJA DA CHINA** ........................................ 63
SELEÇÃO DE CRÍTICAS ........................................ 65
BIBLIOGRAFIA ................................................ 75

## CONSIDERAÇÕES GERAIS

A edição fac-similar das obras que Antonio de Alcântara Machado publicou na década de 20 — **Pathé-Baby**, em 1926, **Brás, Bexiga e Barra Funda**, em 1927, e **Laranja da China**, em 1928 — tem como objetivo proporcionar ao leitor e ao estudioso de hoje o contato direto com os textos originais, em suas peculiaridades gráficas, tal como foram concebidos e concretizados segundo o ânimo do autor. A importância de se reapresentar desta forma obras que tiveram uma só edição em livro — a primeira e única em vida de A. de A. Machado — não precisa ser enfatizada na época atual, pois já estamos familiarizados com a palavra associada a outras formas de comunicação de caráter sobretudo visual. Desse ponto de vista podemos afirmar que obras como estas constituem objetos para serem lidos não só enquanto textos compostos de palavras que encerram conceitos, mas lidos como um todo, no qual se integram aspectos verbais e não verbais. Tudo que se desfigura, se desprezamos elementos de cunho diverso, inerentes aos de caráter verbal.

O estudo desses aspectos, que o autor utilizou conscientemente, é um ponto de nosso particular interesse, sobre o qual fizemos considerações em outra ocasião. No momento só chamamos a atenção para o texto, tal como foi editado, para salientar que, antes mesmo da leitura, percebe-se o quanto é significativo o uso do espaço — criando blocos de composição, e o jogo claro-escuro — proporcionado pelo emprego de tipos variados: em negrito e caixa-alta — compondo a face profundamente harmônica, convidativa ao convívio mais prolongado com a leitura da obra. Face que se perdeu, nas edições correntes, que suprimiram arbitrariamente elementos vistos como dispensáveis, substituindo-os por outros como o uso de aspas ou grifos, por exemplo — que embora também enfatizem o conteúdo, no entanto não incorporam ao texto o elemento **cor** — como acontece com o negrito. Pior ainda é a supressão de espaços: ponto que analisado em profundidade se revela como significativo e em nada gratuito, na edição príncipes.

Esta volta às fontes — no caso a primeira e única edição em vida do autor — é tarefa urgente, antes de qualquer abordagem da obra seja em estudo ou edição de divulgação ampla, pois não é o cunho popular que justifica a falta de fidelidade ao autor e ao espírito da época — intensamente reforçado pelo emprego de elementos visuais. Para falar da mais elementar das funções que a variedade de tipos desempenha, assinalamos a presença do letreiro incidindo no discurso do **autor-narrador**. É a realidade cotidiana do **leitor-transeunte**, nas ruas de São Paulo dos anos 20 que participa do contexto literário: nomes de casas comerciais, anúncios nos bondes, manchetes de jornais. Hoje o efeito imediato é o de permitir que se situem personagens e enredo na cidade de São Paulo, na década de 20 — mobilizando, para isso, antes de tudo a percepção visual do leitor atual — passageiro do tempo, que se faz também espectador, concretizando através da sua imaginação o que a leitura sugere. E ainda teve e tem a função de quebrar a linearidade da linguagem literária interceptada por formas escritas mais próximas da oralidade, como, além do letreiro, são o cartaz, o convite, cartas, etc., inseridos no texto tal como se apresentavam. Não estamos tratando, aqui, da originalidade ou não, das fontes, etc., deste tipo de procedimento. Apenas queremos justificar o porquê da necessidade de restabelecimento de sua vigência enquanto elemento inseparável da obra, como criação do autor. No momento nos propomos a oferecer a um público maior a ocasião de contato direto com a obra em sua feição original, através de reprodução fac-similar — já que primeiras edições são raridades bibliográficas, acessíveis a poucos, pois não são de fácil consulta nem mesmo para o especialista. Poucas instituições as possuem e as conservam adequadamente — o que já é fato incomum à mentalidade brasileira, muito avessa a preservar devidamente a própria memória.

Se por um lado é importante conhecer a obra em sua feição original, por outro resultam questões de ordem prática, pois a reprodução fac-similar não permite atualizar a ortografia nem corrigir falhas de impressão — visto que as características gráficas todas se mantêm. Pensando num público mais amplo, que se interessa pelo autor, além do especialista, achamos conveniente acrescentar, além do registro de variantes provindas do cotejo de versões diferentes, anotações de dois tipos: a atualização ortográfica de todas as formas que sofreram alteração na grafia, e a explicação de alguns termos que não estão ao alcance imediato do leitor de hoje, seja por serem muito situados no espaço, seja por terem perdido a vigência, caindo em desuso, por se referirem a coisas e locais que a modernização da cidade torna de difícil reconhecimento — mesmo para o leitor de São Paulo.

Feitas estas considerações de caráter geral, passamos ao caso específico.

# A ELABORAÇÃO DE LARANJA DA CHINA

**Laranja da China** foi a terceira e última obra publicada em vida de Antonio de Alcântara Machado, no ano de 1928, quando dirigia com Raul Bopp a **Revista de Antropofagia**, 1.ª fase. Seguindo a fortuna das outras duas obras, **Laranja da China** teve versões anteriores publicadas em periódicos, antes do ano em que veio a ser editada em livro. Em dezembro de 1927 o volume já estava montado, conforme diz o autor em carta dirigida a Prudente de Moraes, neto: "**Laranja da China** é que entra no prelo no mês que vem. Se Deus quiser. O aventureiro Ulisses é dele. O Filósofo Platão (que sairá no próximo número de **Verde**) também". (22 de dezembro de 1927).

Publicado **Pathé-Baby** em fevereiro de 1926, no decorrer desse ano A. de A. Machado continuou preparando matéria para a série **Ítalo-Paulistas** — conforme denominação prévia de **Brás, Bexiga e Barra Funda** e outras produções de teor diverso, que reunirá na obra seguinte, **Laranja da China**. Terminado **Brás, Bexiga e Barra Funda**, no início de 1927, quando é encaminhado para publicação, o autor se dedica a completar a outra série, no decorrer de 1927, terminando-a no fim desse ano. Logo, houve período de elaboração simultânea de matéria dos dois livros, pois localizamos versões iniciais de contos do futuro **Laranja da China** nos anos de 1925, 1926 e 1927.

A 24 de junho em carta sem indicação do ano, mas com certeza de 1927, A. de A. Machado escreve a Prudente de Moraes "Só escrevi para uma cousa chamada **Feira Literária** uma cousa chamada Trio Brasileiro. São três retratos: O revoltado Robespierre (já publicado em **Terra Roxa**), o patriota Washington e o Lírico Lamartine. Uma bobagem qualquer". O primeiro conto escrito e divulgado desta série — A dança de São Gonçalo, posteriormente chamado A piedosa Teresa, foi por engano recolhido, com o nome antigo, entre contos esparsos no volume de publicação póstuma, da José Olímpio, juntamente com Mana Maria*. Ao que se infere pelo exame do quadro 1, **Laranja da China** não teve período de elaboração diverso das obras anteriores, notadamente **Brás, Bexiga e Barra Funda**. Houve, portanto, a certa altura, seleção do autor que recolheu contos de temática

---

(*) Engano que não foi apontado e deu origem a equívocos, como o cometido por Saldanha Coelho, em estudo publicado na **Revista Branca**. (Ver Bibliografia)

Propaganda de **Laranja da China** na **Revista de Antropofagia**, S. Paulo, 1928.

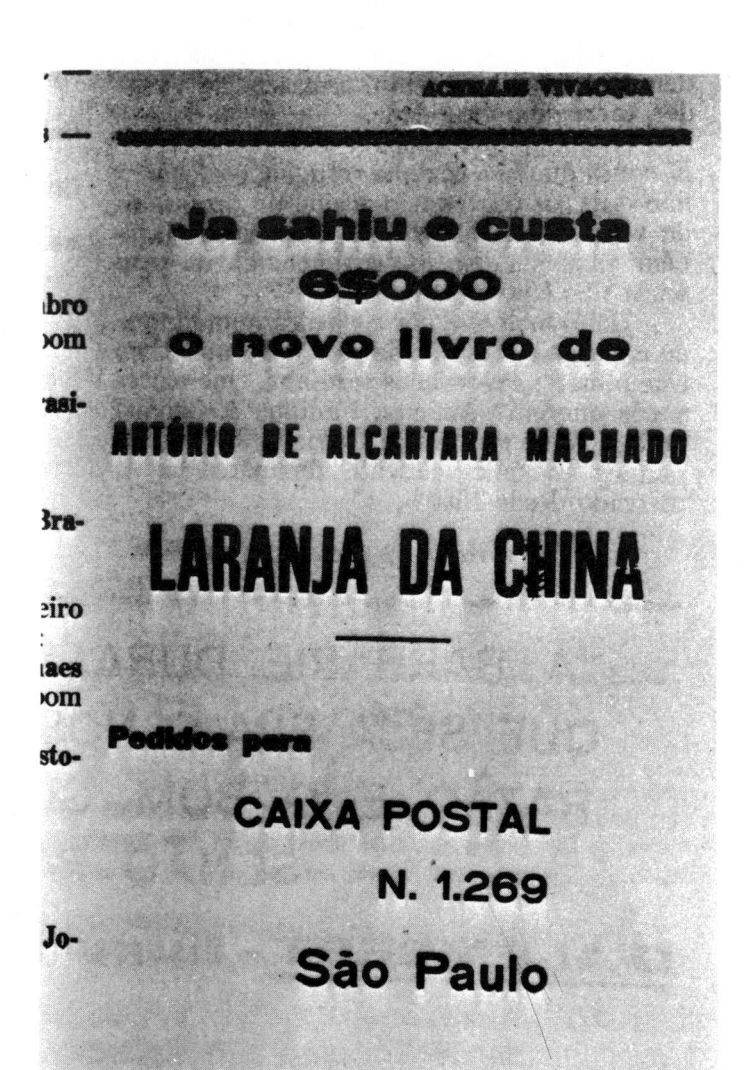

Propaganda de **Laranja da China** na **Revista de Antropofagia** S. Paulo, 1928

semelhante, na linha dos **Ítalo-Paulistas**, num volume, reservando outros, já divulgados, como A dança de São Gonçalo, elaborado em fins de 1925, para a obra seguinte. De dezembro de 1926 é o Conto de Natal e do início de 27, Mistério de fim de ano e o Conto de Carnaval. Encerrada a série que compõe **Brás, Bexiga e Barra Funda** ao que parece A. de A. Machado complementa a série seguinte, reelaborando contos e escrevendo outros. Logo, **Laranja da China** é constituído de produções de dezembro de 1925 a dezembro de 1927.

Quase a totalidade dos contos de **Laranja da China** foi antes divulgada em periódicos, havendo casos de duas versões anteriores à edição em livro. A ordem cronológica de publicação em periódicos é apresentada a seguir, no quadro 1.

**Quadro 1**

| Nome do conto | Data | Periódico |
|---|---|---|
| 1. A dança de São Gonçalo | Elaboração — Dezembro/1925. Publicação — 20 de janeiro/26 | **Terra Roxa e Outras Terras**, n.º 1 |
| 2. O revoltado Robespierre | 6 de julho de 1926 junho de 1927 | **T.R.** n.º 6 Trio Brasileiro. In **Feira Literária**, p. 81-86 |
| 3. Conto de Natal | 25 de dezembro/1926 | **Jornal do Comércio**, SP (Cavaquinho) |
| 4. Mistério de fim de ano | 8 de janeiro/1927 | Idem |
| 5. Conto de Carnaval | 26 de fevereiro/1927 | Idem |
| 6. O patriota Washington | junho de 1927 | Trio Bras. **Feira Literária**, p. 87-99 |
| 7. O lírico Lamartine | junho de 1927 | Idem, p.99-103 |
| 8. O aventureiro Ulisses | outubro de 1927 | **Verde**, Cataguases, n.º 2, p.8-9. |
| 9. O filósofo Platão | dezembro de 1927 | **Verde**, Cataguases, n.º 4, p. 16. |
| 10. A apaixonada Elena | Não conhecemos versão anterior | |
| 11. A insigne Cornélia | Idem | |
| 12. O tímido José | Idem | |

O Conto de Natal, publicado no rodapé de Cavaquinho, do **Jornal do Comércio** de São Paulo, traz no final o título da obra a qual pertenceria: **Oh! que saudades que eu tenho**. Em fevereiro de 1927, após o Conto de Carnaval, no mesmo rodapé, aparece já o título definitivo do livro: Do **Laranja da China**. Quanto ao título provisório é fácil perceber a intenção nacionalista, patriótica do autor, ao retomar versos românticos, tal como já o fizera no final de **Pathé-Baby**, transcrevendo trechos da Canção do exílio de Gonçalves Dias. Mas, o mesmo não acontece com título definitivo — que precisa de esclarecimento — na época atual. Por que **Laranja da China**? Expressão que não exigia explicação antes, hoje parece desprovida de sentido, além do literal. Para o crítico Andrade Muricy "o título diz tudo". E explica, felizmente, a razão: "A paródia popular do Hino Nacional contém a onomatopéia '**Laranja da China**' para indicar o movimento da imperativa anacruze-appogiata com o qual o Hino começa" ou seja, a introdução do Hino Nacional era assim parodiada popularmente, numa imitação dos sons dos acordes iniciais. João Pacheco fala de "onomatopéia burlesca do Hino Nacional" ao se referir à expressão que já tinha aparecido em Mário de Andrade no poema O Amador (**Paulicéia Desvairada**). Em Mário de Andrade o verso prossegue: **Laranja da China, Laranja da China, Laranja da China/Abacate, cambucá e tangerina**/"numa tensão saudosamente patriótica, que atinge o ápice", em palavras de J. Pacheco. Logo, quando A. Muricy afirma: "O título diz tudo", refere-se à intenção patriótica, nacionalista da obra. Quanto aos contos houve alterações substanciais no título, em certos casos, deslocando-se o interesse circunstancial — Natal, Carnaval, para a personagem, cujo nome passa a denominar a composição. Dos nove contos publicados antes em periódicos, quatro receberam nomes totalmente diferentes: Conto de Natal, Conto de Carnaval, A dança de São Gonçalo, Mistério de fim de ano. À maneira dos demais, passaram a ter como título o nome da personagem central: O inteligente Cícero, O mártir Jesus, A piedosa Teresa e O ingênuo Dagoberto, respectivamente, tal como o autor havia procedido no segundo conto escrito, O revoltado Robespierre. Parece que este título foi a matriz para a modificação ou elaboração dos demais: um nome célebre seguido de um adjetivo que acentua características das personagens, insinuando o traço significativo do perfil de cada um. Ao escrever o Trio Brasileiro, no qual retoma O revoltado Robespierre e acrescenta O patriota Washington e O lírico Lamartine, A. de A. Machado diz que "são três retratos", consciente do relevo dado à figura central. Seguem-se então, já neste esquema, O aventureiro Ulisses, O filósofo Platão, escritos para a revista **Verde** e os outros três contos restantes que só apareceram em livro: A apaixonada Helena, O tímido José, A insigne Cornélia. A essa matriz se acrescentam os subtítulos, na reelaboração para a montagem da edição em livro. No subtítulo utiliza-se ou o nome duplo, ou o jogo de associação de nomes famosos e sobrenomes comuns, fazendo uma crítica ao gosto rebuscado do brasileiro, ou a compensação do sobrenome comum com adoção de um nome clássico ou exótico, criando o contraste que desencadeia o humor: Elena Benedita Faria, Natanael Robespierre dos Anjos, Platão Soares, etc.

**Quadro 2**

| Título anterior | Título do conto em livro<br>todos com subtítulo acrescentado |
|---|---|
| O revoltado Robespierre | O revoltado Robespierre<br>(Senhor Natanael Robespierre dos Anjos) |
| O patriota Washington | O patriota Washington<br>(Washington Coelho Penteado) |
| O filósofo Platão | O filósofo Platão<br>(Senhor Platão Soares) |
| ——— | A apaixonada Elena<br>(Senhorinha Elena Benedita Faria) |
| Conto de Natal | O inteligente Cícero<br>(Menino Cícero José Melo de Sá Ramos) |
| ——— | A insigne Cornélia<br>(Senhora Cornélia Castro Freitas) |
| Conto de Carnaval | O mártir Jesus<br>(Senhor Crispiniano B. de Jesus) |
| O lírico Lamartine | O lírico Lamartine<br>(Desembargador Lamartine de Campos) |
| Mistério de fim de ano | O ingênuo Dagoberto<br>(Seu Dagoberto Piedade) |
| O aventureiro Ulisses | O aventureiro Ulisses<br>(Ulisses Serapião Rodrigues) |
| A dança de São Gonçalo | A piedosa Teresa<br>(Dona Teresa Ferreira) |
| ——— | O tímido José<br>(José Borba) |

# CRITÉRIOS DESTA EDIÇÃO

Para o registro de variantes seguimos as normas gerais das edições críticas formuladas por Antonio Houaiss, que já tivemos ocasião de seguir em trabalho anterior de caráter semelhante. A aplicação conscienciosa das normas gerais não implica em rigidez, levando à adaptação segundo as características específicas da obra. A existência de duas ou três versões, de um manuscrito, por exemplo, já indicam por si, procedimentos especiais, conforme o caso. A primeira peculiaridade de uma edição fac-similar é a não existência de um texto crítico, elaborado pelo editor-crítico.

Feitas estas considerações passamos a enumerar as versões que utilizamos para o cotejo, com as siglas correspondentes, que aparecem nas anotações de variantes. Ressaltamos que embora variem as versões, de conto a conto, a sigla será a mesma para cada periódico ou livro mencionado. Assim temos, pela ordem cronológica do aparecimento das versões:

A — **Terra Roxa e outras terras**, São Paulo, 1926
B — **Jornal do Comércio**, São Paulo (Cavaquinho) — 1927
C — Trio Brasileiro. In **Feira Literária** — 1927
D — Revista **Verde**, Cataguases — 1927
E — Edição em livro — 1.ª e única em vida — 1927

Feita a enumeração, passamos à descrição mais detalhada das mesmas, excluindo a da edição príncipes, que pode ser dispensada, pois aparece no volume que traz a reprodução fac-similar.

Em **Terra Roxa e outras terras** dois contos foram publicados: o 1.º A dança de São Gonçalo (A piedosa Teresa) apareceu em rodapé da página 1 do n.º 1. Como este periódico foi recentemente reeditado em fac-simile pela ed. Martins e Secretaria Estadual de Cultura, Comissão de Literatura, S. Paulo, 1977, o leitor poderá ter acesso fácil ao material referido. A dança de São Gonçalo foi o conto de elaboração mais antiga dentre os coletados para o volume **Laranja da China**, e embora publicado em janeiro de 1926 é datado de: "Granja Sta. Maria, dezembro de 925". Reelaborado, com alterações que constam em apêndice, no registro de variantes, teve sua denominação modificada conforme critério que se instala a partir do 2.º conto, passando a ter como título o nome da personagem principal, com um subtítulo. Mas, não houve atenção da crítica para este detalhe de modo que em 1936 ao recolher contos para edição, em volume póstumo que também publicava **Mana Maria**, o organizador incluiu A dança de São Gonçalo entre contos esparsos, inéditos em livro. E não ficou nisso o equívoco, pois em 1952, em estudos republicados em 1954, na **Revista Branca**, Saldanha Coelho fez todo um estudo comparativo de modificações que Antonio de Alcântara Machado teria feito, ao alterar a versão de 27 para elaborar a de 36! Veja-se a importância da cronologia: o autor havia morrido em 1935. E na verdade a versão reproduzida em 1936 é anterior ao livro, pois retoma o rodapé de **Terra Roxa e outras terras**, de 1926, sendo que a data da elaboração que consta aí, conforme verificamos, é 1925. Na organização da 1.ª edição de **Novelas Paulistanas**, em 1961, Francisco de Assis Barbosa notou o engano e retirou A dança de São Gonçalo mantendo apenas a versão definitiva: **A piedosa Teresa**, de **Laranja da China**. Ocasionada pelo engano da edição de 1936 foi a reprodução, ainda com o título antigo, A dança de São Gonçalo, nas páginas da **Revista da Semana**. (Ver bibliografia) Agora, estabelecida de maneira correta a estemática dos contos, não se justifica mais tal equívoco. Logo, o texto a ser reproduzido é A piedosa Teresa que é o conto em versão definitiva, segundo ânimo do autor. Também em **Terra Roxa e outras terras** n.º 6, de 1926, foi divulgada a versão primitiva de O revoltado Robespierre, que terá mais uma versão ainda, antes da inclusão em livro, com texto definitivo. Apareceu em colunas na página 6 de **Terra Roxa e outras terras** de junho, entre colaborações variadas.

O rodapé no qual foram divulgadas as versões primitivas de outros três contos de **Laranja da China** se chamou inicialmente Saxofone, passando depois a denominar-se Cavaquinho. Sob este segundo nome surgiram: Conto de Natal, Mistério de fim de ano e o Conto de Carnaval, em fins de 1926 e início de 1927.

Trio brasileiro — compreendendo o Patriota Washington, o Revoltado Robespierre (2.ª versão) e O Lírico Lamartine — é parte de uma publicação — **Feira Literária**, que divulgava contos de autores da época.

A revista **Verde** de Cataguases, recentemente editada em fac-simile pela Metal Leve, divulgou dois contos do **Laranja da China**: O aventureiro Ulisses, p. 8 do n.º 2, outubro de 1927, e O filósofo Platão, p. 14, n.º 4, de dezembro de 1927, em duas colunas, com título definitivo, em negrito, tipos grandes, sem o subtítulo que consta no livro.

Para o registro de variantes adotamos os seguintes critérios:

No canto esquerdo, ao alto, consta a numeração por página de E — 1.ª edição em livro e na vertical a numeração por linha, conforme a edição em livro, que reproduzimos em volume à parte.

As variantes de qualquer tipo — **supressão, acréscimo, substituição** — são indicadas pelo registro em grifo seguido de explicação entre colchetes, feita pelo editor crítico. A variante vem antecedida e precedida de invariantes que a recolocam no texto de E — 1.ª edição em livro. Só reproduzimos as variantes de A, B, C, D — enumeradas e muito raramente de E, cujo texto se faz presente, na referência mediante o número da linha. Excepcionalmente o texto de E pode vir citado, caso se faça necessário, por alguma razão. Como no caso de **Laranja da China** não conhecemos manuscrito, o cotejo se fez com edições parciais, em periódicos, de contos divulgados antes da reunião em livro.

As justificativas gerais destes comentários são transcrição exata das mesmas, na edição crítica de **Brás, Bexiga e Barra Funda**. Por se tratar de problemática igual, preferimos a transcrição à elaboração de um novo texto repetitivo. Seguem-se considerações específicas à obra em questão. Também optamos pelo uso de um texto comum às edições de **Brás, Bexiga e Barra Funda** e **Laranja da China** nas justificativas introdutórias à fortuna crítica. O item da Bibliografia que congrega estudos de caráter geral sobre a obra do autor foi igualmente reproduzido com os mesmos títulos. Já os itens específicos reúnem edição de contos esparsos ou estudos específicos a cada obra em si. Fica evidente o desequilíbrio, pois o que realmente predomina é a abordagem mais geral, sendo muito pequena a incidência de estudos sobre obras isoladas.

## REGISTRO DE VARIANTES

### O revoltado Robespierre
### (Senhor Natanael Robespierre dos Anjos)

Versões utilizadas:
A: **Terra Roxa e outras terras**, S. Paulo, 6 de julho de 1926, n.º 6, p. 2
C: Trio Brasileiro, In **Feira Literária**, v. VI, junho de 1927, p. 81-86
E: Edição em livro, 1927 (Reproduzida em volume à parte)

| | | |
|---|---|---|
| E., p. 11 | linha 4 — | A: parar. Ouviu sua |
| C., p. 81 | | C: parar essa joça. Ouviu sua |
| | 6 — | A e C: besta? § Paga |
| | | E: besta? § Gosta (. . .) comprido. Paga. |
| | 7, 8, 9, 10 — | Acrescentadas em E |
| | | A e C: réis e exige |
| | 13 — | A: já prá cá os nove mil oitocentos. E dinheiro limpo, hein! Bom. § Levanta-se |
| C.p. 82 | | C: já para cá. |
| | 14, 15, 16, 17 — | Acrescentadas em E |
| E., p. 12 | 19 — | A: jeito na braguilha da calça, chupa |
| | | C: jeito no cós das calças, chupa |
| | 21 — | A: cheques, mas nunca abiscoitou um), examina |
| | | C: cheques) examina |
| | 24 — | A: Pausa. Palmadinhas nas calças para tirar o pó. Empurra o chapéu coco para o alto da testa. Conclui: |
| | | C: Palmadinhas na calça para |
| | 26 — | A: os homens já estão em Minas . . . § Primeiro |
| | | C: os homens um dia voltam...§ Primeiro |
| | 29 — | A: dreita [**erro de impressão**] |
| | | C: direita nos bigodes. Segundo |
| | 30-31 — | Acrescentadas em E |
| | 33 — | A e C: raio de fedor tem |
| | 35 — | A: no anular esquerdo. Agora é com o vizi- |

|              |                    |                                                                                                                     |
|--------------|--------------------|---------------------------------------------------------------------------------------------------------------------|
|              |                    | nho da direita. § O cavalheiro C: no seu vizinho. Agora é com o velho da esquerda: § Perdão. O cavalheiro |
|              | 35, 36, 37, 38 —   | Acrescentadas em E |
|              | 40 —               | A: tabela da Comissão de Abastecimento? Viu C: tabela do Matadouro? Viu |
| C., p. 83    | 41 —               | A e C: leitão? Cinco |
| E., p. 13    | 45 —               | A: ouvido do vizinho da esquerda. § — É C: ouvido do vizinho da direita: § — É |
|              | 46 —               | A: dizendo. O quilo, o quilo! § Quase |
|              | 48 —               | A e C: As pernas do gordo da ponta assustam-se. § O cavalheiro |
|              | 52 —               | A: pedaços. § Tira C: pedaços. § Dá um tabefe no rosto mas que dê mosca? Tira |
|              | 55 —               | A e C: direito, olha a ponta do palito para ver o que saiu, chupa |
|              | 57 —               | A e C: chupa o dente com a língua (tó, tó), percorre |
|              | 58 —               | A e C: percorre um por um os anúncios do bonde |
|              | 59 —               | A: bonde. Regaladamente, Pensativamente. De repente um estouro: § — Ó ignorância C: bonde. Ritmando a leitura com a cabeça. Aplicadamente. Demoradamente. De repente um estouro: § — Ó |
|              | 60, 61, 62, 63, 64 — | Acrescentadas em E |
| C., p. 84    | 65 —               | A: Ó ignorância, Meu C: Ó estupidez, meu |
| E., p. 14    | 66 —               | A: ali? Concerta-se máquinas de escrever C: ali? CONCERTA-SE MÁQUINAS DE ESCREVER [Caixa-alta] |
|              | 72 —               | A: autor célebre, é verdade. C: autor de peso, é verdade. |
|              | 72 —               | A: enfim. . . § Escapa-lhe um fecho erudito e elegante. A mão. C: enfim . . . § É preciso um fecho erudito e interessante. § — Mas enfim . . . § A mão |
|              | 76 —               | A: mão direita dá uma volta no ar e pára no alto. § — Mas enfim . . . § Fica C: mão dá uma voltinha à altura do chapéu |

E., p. 15
C., p. 85

C., p. 86

       e pára lá. § — Mas enfim . . . Seu Serafim . . . Fica
80 — A e C: Municipal. Bastante encalistrado. Para disfarçar. Esfrega as mãos.
81 — A e C: jeito. Estremece-se todo (arranjou uma saída) e previne os vizinhos [C: **aranjou**: erro de impressão]
84 — A: é um fabricante de
      C: é uma fábrica de
85 — A: de constipações? De pneumonias até. Duplas
      C: pneumonias mesmo. Duplas
87 — A: eloquente. Ah! Maeterlinck! Tira o **capéu** [erro de impressão] diante da igreja
      C: Maeterlinck. Levanta a cartolinha para a igreja
90 — A e C: Não vê, seu animal, que a velha não
96 — A: Depois numa (inspiração feliz que lhe é habitual) anota o
      C: Depois, numa (inspiração feliz que lhe é habitual) anota o
98 — A e C: Monte do Socorro Estadual. § — O povo
102 — A: não se revolta. Mas
      C: não se levanta e manda vocês todos . . . nada. Mas
104 — A e C: Passa para o lugar do gordo na ponta. Confirma
105 — A: para o prédio dos I. R. F. Matarazzo: § Ora
      C: para os escritórios dos I. R. F.
108 — A: acaba! . . . § Saca de outro cigarro
      C: acaba! . . . § Outro cigarro
110 — A: unhas com a lâmina de um canivete, brinde de Seixas & Cia. Na
      C: com um canivete. Brinde de Seixas & Cia. § Na
110 — A: da rua 15 com Anchieta dependura-se no cordão da campainha. Estende
      C: da rua Anchieta por pouco não fica com o cordão da campainha na mão. Estende

E., p. 16

112 — A: Estende a dextra para
C: Estende a destra espalmada para
113 — A: viagem: § — Aniceto Robespierre
C: viagem: § — Aristides Robespierre
E: viagem: § — Natanael Robespierre
117 — A e C: no Chalet do Governo (centenas invertidas). Atravessa
118 — A: de guarda-chuva ao ombro o largo
C: de guarda-chuva feito espingarda o largo
122 — A e C: Secretaria dos Negócios de Agricultura, Comércio e Obras Públicas onde
123 — A e C: onde há vinte anos ajuda
124 — A e C: administrar o Estado com
126 — A: escriturário do Patronato Agrícola.
[assinado:] Antonio de Alcântara Machado.
C: escriturário por concurso (não falando na carta de um republicano histórico)

O patriota Washington

Versões utilizadas:

C — Trio Brasileiro
E — Edição em livro

E., p. 19
C., p. 87

C., p. 88

E., p. 20

C., p. 89

E., p. 21

linha 2 — C: doutor Washington Jesus Penteado
3 — C: trinta e sete anos
9 — C: folhinha da Casa Brasil-Japão a folha
11 — C: 15: Viva o Brasil! E
15 — C: de Chevrolet para
24 — C: a Deus. § Ao lado
24, 25 — Acrescentado em E
29 — C: ouvir. § A bandeira
30 — C: A bandeira tremendo de frio na sacada
33 — C: Escravos [grifo]
E: Escravos [caixa-alta]
39 — C: e balança seu fanatismo. § — O
40 — C: me disse que
45 — C: de depreciar o que é nosso. Francamente! Fique
49 — C: muito. Vale
50 — C: escutando o que seu marido lhe diz. E convença-se. § — Veja

| | | |
|---|---|---|
| C.,p.90 | 51 — | Acrescentado em E |
| | 54 — | C: esqueça! Paris não tem |
| | 60 — | C: parecido! § Você |
| | 60 — | C: sabe! Menos você está visto! § Guiados E: sabe: os próprios (...) nada! § Guiados |
| E.,p.22 | 61,62,63,64 — | Acrescentados em E |
| C.,p.91 | 79 — | C: chofer caça os buracos da rua e dona |
| | 81 — | C: Washington Jesus Penteado Junuior [erro de impressão] toma E: Washington Coelho Penteado [suprime Junior, por engano?] |
| E.,p.23 | 86 — | C: vento impede que palavras do doutor edifiquem os ouvidos da família |
| | 87 — | C: família. § O Chevrolet [Abre parágrafo] |
| | 88 — | C: nada. Vai passando. § — Este |
| | 88,89 — | Acrescentado em E: nada. Pomba (...) ele. § — Este |
| C., p. 92 | 91 — | C: § — Este Brás é um colosso! § Dez |
| | 99 — | C: admirativa. § Depois: § — Reparem |
| E., p. 24 | 100 — | C: hora. [espaço] § O doutor não sente os socos. Seu patriotismo asfaltou a estrada. § O Chevrolet |
| | 104 — | C: O Chevrolet fura a poeira |
| | 106 — | C: progresso! § Um tostão para quem entender (oferece em pensamento dona Balbina). § E Washington Júnior |
| | 107 a 109 — | Acrescentado em E |
| | 121 — | C: Washington Júnior torce para que apareça uma curva. Com o dedo no clacson [espaço] § Velocidade. |
| E.,p.25 C.,p.93 | 124 — | C: § — O Brasil caminha a passos largos e dentro |
| | 127 — | C: vermelho é o Leprosário Santo Angelo! § É |
| | 129 — | C: bacharel para descrever |
| | 132 — | C: Hansen. § Dona |
| | 132/133 — | Acrescentado em E: Hansen, esse (...) tempos. § Dona. |
| C.,p. 94 E.,p.26 | 141 — | C: brasileiro. O mundo |
| | 148 — | C: tempos... § As casas |
| | 149/150 — | Acrescentado em E: tempos... § Bom (...) brava. § As |
| | 154 — | C: 425. Veja |

27

| | | |
|---|---|---|
| E.,p.27 | 155 — | C: você! P. 425 [**espaço**] Uma |
| | 157 — | C: crianças beberem **Mocinha** [**grifado**] |
| | 158 — | C: olhadela em quatro |
| | 159 — | C: anjo. Uma saudação |
| | 162 — | C: Primeira. Segunda. Terceira [**espaço**] § — Não! |
| C.,p.95 | 165 — | C: Nenê? § — Tive uma idéia. § A família |
| | 167 — | C: será § — O patrício |
| | 169 — | C: telégrafo? § Pois não. É muito fácil. |
| | 170 — | C: fácil. O senhor vai por esta rua. Toma a primeira travessa à esquerda. Passa o largo. Passa o sobrado vermelho. Vira a primeira rua à direita. |
| | 175 — | C: Depois da terceira travessa é o prédio. |
| | 179 — | C: agradecido. Toca pro telégrafo! |
| C.,p.96 | 181 — | C: ar, e escreve: Exmo |
| E.,p.28 | 184 — | C: O homem é conhecido. Bom. Desta |
| | 190 — | C: Viva República V. Exa. República V. Exa. parece que a República é de S. Exa. Não está certo. Não está certo. § A |
| | 194 — | C: todos. Assim sim: República e V. Exa. Bravos. Washington |
| | 198 — | C: § — Quinze mil e novecentos réis |
| | 199 — | C: o quê? § — É isso mesmo. § E eu |
| | 201 — | C: precisa. Assim como está |
| | 203/204 — | Acrescentado em E: bonito. § — É bondade (...) § Enquanto |
| C.,p.97 | 205 — | C: dizeres Washington Jesus Penteado |
| E.,p.29 | 208 — | C: réis [espaço] § Na rodovia. |
| | 209 — | C: Emudece. § Dona Balbina estranha. Pensa adivinhar. Arrisca: § — Que |
| | 211/212 — | Acrescentado em E: O doutor (...) adivinhar |
| | 215 — | C: O gesto diz que isso |
| | 217 — | C: pouquinho. E arrisca |
| | 220 — | C: automóvel da Repartição todos |
| | 225 — | C: quilométricos. § Só. E: quilométricos. [**espaço**] § Só |

O filósofo Platão (Senhor Platão Soares)

Versões utilizadas:
D: **Verde** de Cataguases, n.º 4, ano I, Dez. 27
E: edição em livro

| E., p. 34 | 34 — | D: Sim senhor |
| D., p. 14 | | E: Sim se-nhor! [**Separação de sílaba, indicando entonação**] |
| | 38 — | D: Vinha vindo um automóvel a duzentos |
| | 39 — | Agora o ônibus da Light. Esperou |
| | 40 — | D: Agora um bonde do lado |
| E., p. 35 | 49 — | D: presentes com um jeito de vitória. Na |
| | 50 — | D: Na cabeça, seus |
| | 51 — | D: Chegou com os olhos no chão. — Boa |
| | 55 — | D: o maldito.19. § Platão |
| | 62 — | D: respondeu: § — Homem! Nem |
| | 64 — | D: não falava de ódio. Platão |
| E., p. 36 | 67 — | D: preço. É um Patek. § Mas |
| | 72 — | D: atrás. Ficou [**Não abre parágrafo**] |
| | 74 — | D: cabeçada no primeiro poste. Impossível escapar. Era |
| | 82 — | D: o lugar vazio. Pois a mocinha viu. |
| | 84 — | D: cocaína. Ora bolas. § — Ó seu |
| E., p. 37 | 93 — | D: Te gozando, Platãozinho. Resolveu |
| | 94 — | D: situação apeando. § — Não |
| D., p. 15 | 101 — | D: bocó! § — Hein! § Profunda |
| | 106 — | D: Sanitário. É muitíssimo boa. Argemiro |
| | 110 — | D: guardasol. Porcaria de guardasol. Você |
| E., p. 38 | 117 — | D: Foi caminhando. Batia |
| E., p. 39 | 159 — | D: pimenta para depois exclamar: § — Agora |
| E., p. 41 | 203 — | D: chapéu coco. Agradeceu |
| | 207 — | D: favor. Muito obrigado. Muito obrigado. § De |
| E., p. 42 | 214 — | D: acredita? / (do Laranja da China) / Assinado: Antonio de Alcântara Machado // |

O inteligente Cícero (Menino Cícero José Melo de Sá Ramos)

Versões utilizadas:
B: **Jornal do Comércio**, São Paulo, 25 de dezembro de 1926
E: Edição em livro

B: Cavaquinho/Conto de Natal
Manequinho (Manoel José de Sá Ramos Júnior) era um menino que prometia muito. Tinha cada resposta que só vendo. E resposta para tudo. Com cinco anos de idade. Imaginem só. Um prodígio. Um legítimo prodígio. [**Suprimido em E**]

| | | |
|---|---|---|
| E., p. 55 | 1 — | B: Quando ele veio ao mundo (chovia) o **Diário Popular** escreveu: |
| | 5 — | B: Ramos, esforçado primeiro escriturário da Secretaria da Agricultura, e de |
| | 10 — | B: nome de Manoel José. Felicitamos |
| | 14 — | B: seguinte o prestigioso órgão |
| E., p. 56 | 15 — | B: pública registou a |
| | 16 — | B: do Manequinho. § Quando |
| | 17 — | B: Quando o Manequinho fez |
| | 18 — | B: Quando fez cinco o "Diário" classificou-o de inteligente. § Desde |
| | 21 — | B: Desde esse dia memorável os carinhosos pais não tiveram mais dúvidas acerca do futuro do Manequinho. Com toda a razão. /**cruzinha, espaço**/ § Manequinho na véspera |
| | 21 a 33 — | **Acrescentado em E**: Nesse dia (. . .) França! § Cícero na véspera |
| | 37 — | B: Manequinho esperneou. Abriu o berreiro de costume. Meteu-se em baixo da mesa, da |
| E., p. 57 | 45 — | B: voltou. § D. Francisca |
| | 52 — | B: Manequinho obedeceu |
| | 56 — | B: não enfie o dedo |
| | 57 — | B: durma muito direitinho |
| | 58 — | B: deixar um lindo brinquedo para o meu amorzinho. § Manequinho no escuro |
| | 60 — | B: no escuro antes de dormir deu |
| | 61 — | B: Nicolau. E como era muito esperto resolveu indicar a São Nicolau o brinquedo que queria. Não |
| E., p. 58 | 63 — | B: santo não. Era um menino muito esperto. E disse |
| | 67 — | B: espingardinha para mim. § Virou |
| | 72 — | B: armar em cima dos sapatos. Ficou danado com o santo/**cruz espaço**/ § Manequinho |
| | 73, 74 — | **Acrescentado em E**: danado. Deu (. . .) pé /**espaço**/ § Na véspera |
| | 74 — | B: Manequinho na véspera do natal |
| | 76 — | B: às oito horas da noite estava matando |
| | 83 — | B: brinquedo bem bonito esta noite. § Não |
| E., p. 59 | 85 — | B: foi depressa |
| | 86 — | B: porta. § Mas |

|  |  |  |
|---|---|---|
|  | 87 — | B: ficou meio macambuzio. § — Que E: **Acrescentado:** Coçando a barriga e tal. § — Que |
|  | 88 — | B: você sente, Manequinho? Mostre |
|  | 89 — | B: Mamãe. § Mostrou com má vontade. § Dona |
|  | 91 — | B: sua maèzinha que |
|  | 94 — | B: muito. Foi |
|  | 97 — | **Acrescentado em E:** muito. Beijou a cabecinha do Cícero. Foi. |
|  | 100 — | E: assõe [**erro de impressão por assoe**] |
|  | 103 — | B: § — Não digo. § Diga |
|  | 104 — | B: § — Diga, minha flor. Para |
|  | 106 — | B: § — não digo. § — Está bem. Então |
| E., p. 60 | 112 — | B: mamãe. § Manequinho não ajoelhou. Era um menino muito esperto. Ficou |
|  | 118 — | B: ouviu. § As sete horas da manhã Manequinho fez as pazes com o santo. /**cruz, espaço**/ § Manequinho na véspera |
|  | 119 a 123 — | **Acrescentado em E:** ouviu. E o major (...) Biscoito /**espaço**/ § Cícero na véspera |
|  | 124 — | B: oito e meia da |
|  | 125 — | B: da Genoveva quando Dona Francisca apareceu |
|  | 128 — | B: atrás da Genoveva. § — Depois |
| E., p. 61 | 131 — | B: já. § Um berro truculento do Major decidiu-o |
|  | 133 — | B: cama enguliu com saliva o último soluço. Vestiu |
|  | 134, 135 — | **Acrescentado em E:** lágrimas, fez (...) armário, vestiu |
|  | 136 — | B: a mão dos carinhosos pais. Dona |
|  | 139 — | B: porta? § — Atrás Acrescentado em C: porta? § Cícero (...) Responda. § Atrás |
|  | 143 — | B: cabe. § — Não |
|  | 144 — | **Acrescentado em E:** Dona (...) compreender. § — Não |
|  | 147 — | B: quer? § — Ara, mamãe... § — Diga |
|  | 148 a 150 — | **Acrescentado em E:** Cícero (...) quatro... § Responda |
|  | 153 — | B: o que é? § — Ara... § — Não |
| E., p. 62 | 155 — | B: assim. Diga. § — Eu |

| | | |
|---|---|---|
| | 156 — | **Acrescentado em E:** Foi (...) armário? § — Eu |
| | 160 — | B: Não contar São |
| | 161 — | B: você. § — Castiga mesmo? § — Castiga. § — Eu |
| | 162 a 164 — | Acrescentado em E: Quando (...) mamãe! Eu |
| | 165 — | B: automóvel Ford igual ao de titio. § — Que |
| | 167 — | B: isso filhinho? Um |
| | 169 — | B: ter um automóvel. § — Mas |
| | 171 — | B: Francisca foi confabular |
| | 175 — | B: problema. § Manequinho |
| | 176 a 179 — | Acrescentado em E: Tenho (...) adivinhar. § Às sete |
| E., p. 63 | 180 — | B: Manequinho às sete horas da manhã encontrou ao lado dos sapatos um automóvel de cinqüenta centímetros de comprimento com este bilhete no volante: **Meu querido Manequinho. Dentro** (...) |
| | 186 — | B: **do meu saco não [Bilhete em grifo; Em E, negrito]** |
| | 191 — | B: vê. Manequinho soltou |
| | 192 — | B: levantaram na cama os cabelos |
| | 193 — | B: Major meteu os |
| | 194 — | B: foi investigar a razão do barulho. Manequinho pulava |
| | 196 — | B: não leu o bilhete, meu benzinho? § — Eu |
| | 199 — | B: major começava a perder a pasciência. Dociência. Dona |
| | 202 — | B: então, meu filhinho! Não |
| E, p. 64 | 205 — | B: não preciso de presente, tá aí! O |
| | 209 — | B: meu filhinho, assim |
| | 210 — | B: mamãe muito triste! |
| | 211 — | B: do Manequinho assim |
| | 213 — | B: — Deixe, Maneco. Com agrado se |
| | 217 — | B: alternadamente. Explicando a esperta criança a razão pela qual São Nicolau trouxe um automóvel diminuído e falsificado. § — São |
| | 217 — | **Acrescentado em E:** Alternamente. Sobre (...) discórdia. § — São |
| | 221 — | B: um saco muito grande. |

E., p. 65

222 — B: por maior que
224 — B: caber um Ford... § — É
225 — **Acrescentado em E:** É. E se cabesse. § Se coubesse, Francisca:
227 — B: se coubesse São Nicolau não poderia carregar um automóvel. Está cansado. Não tem mais forças. § — Não suportaria o peso... § Manequinho
230 — B: Manequinho foi
230 — B: choradeira. Aos poucos. Parecia convencido
230 — E: choradeira. Levantou a camisola para enxugar as lágrimas. § — Não
232 a 234 — **Acrescentado em E**
235 — B: § — Então você não
236 — B: Manequinho assumiu uns
237 — B: cintura. Ergueu o coco. Pregou
238 — B: olhos nos do pai
242 — B: então? Os carinhosos pais não tiveram resposta. Ficaram abobados de boca aberta. Depois
244 — **Acrescentado em E:** Berganharam (...) Sorrindo. Procurou
246 — B: o major todo trêmulo procurou contornando a cama alcançar a esperta criança. Manequinho
247 — B: Manequinho farejou uns cascudos e
248 — B: armário e a parede. Fazendo beicinho. Com as pernas bambas. § — Não
243 — B:com o Manequinho no colo. Comovido como o diabo apertou-lhe E: colo. Cícero. Apertou

E., p. 66

255 a 260 — **Substituição do final, em E:** peito. Olhando (...) explicar.
255 — B: peito. Deu-lhe um beijo na testa. Virou-se para Dona Francisca: § — Que inteligência de menino, mulher, que talento! § E os carinhosos pais fizeram um silêncio entusiasmado e comovido. O Major enxugou meia dúzia de lágrimas. Depois rompeu em adjetivos arrebatados. Dona Francisca secundou-o vencida. § O "Diário Popular" fez o mesmo noticiando a festiva data do oi-

33

tavo aniversário do Manequinho. /assinado: Antonio de Alcântara Machado/ (De um livro de contos em execução: "Oh! que saudades que eu tenho...").

O Mártir Jesus (Senhor Crispiniano B. de Jesus)

Versões utilizadas:
B: **Jornal do Comércio**. São Paulo, 26 de fevereiro de 1927
E: Edição em livro

B: Cavaquinho/Conto de Carnaval

| | | |
|---|---|---|
| E., p. 85 | 2 — | B: anteriores o capitão Crispiniano Ferreira vinte |
| | 3 — | B: mesa de jantar perante |
| | 7 — | B: parar...§ Fifi |
| | 11 — | B: palito: § — Ara, papai deixa disso... |
| | 12 — | B: café. Dona |
| | 15 — | B: açúcar, mamãe! § O capitão espetou |
| E., p. 86 | 19 — | B: casa. E eu é que tenho de aguentar o balanço. § A |
| | 21 — | B: família silenciosamente sorveu |
| | 22 — | B: ruído. O capitão afastou |
| | 23 — | B: acendeu um Sudanita, procurou |
| | 26 — | B: que tirou meu |
| | 27 — | B: família em peso enfiou a cara debaixo |
| | 28 — | B: mesa. Procurando. Um minuto. Quando o relógio bateu meia hora depois das dezoito a família em peso já havia voltado à posição anterior. § O [Suprimido em E] |
| | 28 — | B: o capitão ranzinzou um pouco e levantou-se. § — Não |
| | 30 — | B: chão depois do jantar que faz mal, homem |
| | 32 — | B: O capitão pulando sobre |
| | 35 — | B: torno. Desolada. § — Pois |
| | 36 — | B: casa. E |
| | 38 — | B: aquela da repartição! Há |
| | 39 — | B: Há dois anos |
| | 40 — | B: escriturário para eu poder ser promovido! § Maria |
| E., p. 87 | 42 — | B: É o cúmulo! § Da copa |

|  |  |  |
|---|---|---|
|  | 42 a 60 — | Acrescentado em E: cúmulo! § Com (...) estúpido! § Da copa |
|  | 61 — | B: latidos. Dona |
|  | 62 — | B: Dona Sinhara foi ver Acrescentado em E: Sinhara (que ia também descompor o Aristides) foi |
|  | 64 — | B: gemidos sentidos. § — O |
| E., p. 88 | 69 — | B: quintal! De posse do chinelo o capitão sentiu-se melhor. E como apreciava a boa música disse para Fifi: § Toca aquela |
|  | 71 e 72 — | **Acrescentados em E:** O puxão (...) Toque aquela Disse. |
|  | 79 — | **ouvidos. [cruz, espaço]** § Fifi |
|  | 80 — | B: Fifi e Maria José iam fazer o corso no caminhão das odaliscas. |
|  | 81 — | B: Zanetti, namorado da Fifi e primogênito do seu |
|  | 83 — | B: Nicola proprietário da farmácia da esquina onde o capitão já tinha duas contas atrasadas **[Faltou ponto final]** § Dona Acrescentado em E: atrasadas (varizes da Sinhara e estômago do Aristides) Dona |
| E., p. 89 | 88 — | B: não quero que vocês vão. Não há respeito nenhum. § Que |
|  | 89 — | B: que tem? No |
|  | 93 — | B: Maria José (segundanista da Escola Normal da Praça da República, fez uma piada gramatical |
|  | 97 — | B: seja imbecil! § Pronto. |
|  | 98 — | B: Pronto. Maria José largou a fantasia inacabada e foi para outra sala chorando. § Totônio |
|  | 100 — | B: gozou sentado no chão **[cruz, espaço]** § O |
|  | 102 — | B: pelo primeiro prêmio. § Abaixou a cabeça vencido. § O papel |
|  | 105 — | B: diretor. E saiu de chapéu coco. § Duas. |
|  | 106 a 109 — | **Acrescentado em E:** diretor. E saiu (...) barrenta. Duas |
| E., p. 90 | 111 — | B: para o caminhão. Mais |

E., p. 91

| | | |
|---|---|---|
| 112 a 113 | — | **Acrescentado em E:** para o corso. Botinas de cinquenta mil réis. Para rangerem assim. Mais |
| 114 | — | B: isto. Mais aquilo. Facada **Acrescentado em E:** aquilo e o resto. O resto é que é pior. Facada. |
| 117 | — | B: crianças. Mais isto. Mais aquilo. § Entrou **Acrescentado em E:** crianças. Também (...) aparecendo. § Entrou |
| 121 | — | B: Socorro Estadual [**cruz, espaço**] § O Totônio |
| 122 | — | B: O Totônio auxiliado pela Elvira tanta |
| 123 | — | B: fez, berrando, pulando |
| 130 | — | B: Andrade seu padrinho) e |
| 131 | — | B: Elvira de bailarina ameaçaram |
| 131 | — | B: casa abaixo primeiro. Depois o mundo. § Antes que tamanha desgraça acontecesse o capitão cedeu. § Tá |
| 132 a 134 | — | **Acrescentado em E:** abaixo. Desataram (...) Crispiniano. § Está bem. |
| 135 | — | B: — Tá bom. Vamos. Mas só até a rua Barão de Itapetininga. § Na rua [**Não há separação**] |
| 136 | — | E: Paraiso [**espaço**] § Na rua |
| 137 | — | B: rua do Arouche Elvira de ventarola na mão quis ir para o colo paterno. § Faça |
| 139 | — | B: Crispiniano. Que raio de pai é voce? § Domingo |
| 143 | — | B: bisnagando jardineiros portugueses. Pernas |
| 144 | — | **Acrescentado em E:** portugueses no olho. O único alegre era o gordo vestido de mulher. Pernas. |
| 145 | — | B: dependuradas das capotas dos |
| 147 | — | B: atrás. Fileira de |
| 147 a 148 | — | **Acrescentado em E:** O (...) bisnagadas. Fileira |
| 149 | — | B: vazios. § — Tu não me conhece, desgraçada? § — Ora vá...pro inferno! § Carnaval [**Suprimidas em E**] |

|            |           |                                                                                                                          |
|------------|-----------|--------------------------------------------------------------------------------------------------------------------------|
|            | 150 —     | B: paulista. § O capitão quase perdeu o pé esquerdo debaixo de um 42 sola dupla na esquina da praça da República. § — É preciso ter paciência, Crispiniano. § Uma |
| E., p. 92  | 151 —     | B: Uma bisnagada no olho direito deixou o Totônio desesperado. § — Vamos |
|            | 155 —     | B: Não. Deixa as |
|            | 156 —     | B: bocadinho. § Elvira |
|            | 157 —     | B: Grupos iam e vinham dizendo besteiras. O |
|            | 158 —     | B: capitão com o tranco do pierrot azul quase |
|            | 159 —     | B: E o lança-perfumes do |
|            | 159 —     | B: bolso. O capitão ficou fulo de raiva. Dona |
|            | 162 —     | B: Totônio iniciou o concerto choral do costume. Elvira |
|            | 165 —     | B: ali na ponte. § Sob os chorões a |
|            | 168 —     | B: chorona. § — Tiraram a |
|            | 170 —     | B: chispando [cruz, espaço] § As odaliscas |
|            | 171-172 — | **Acrescentado em E:** chispando [espaço] § Terça-feira entre oito e três quartos e nove horas da noite as odaliscas |
|            | 172 —     | B: odaliscas vieram do corso |
|            | 173 —     | B: Zanetti. § O capitão de pijama dirigiu-lhe |
|            | 175 —     | B: palavra. § — Bom. Acabou-se |
|            | 180 —     | B: sultão fingiu que |
|            | 186 —     | B: perguntou: § — Que |
|            | 187 —     | B: de danças, mamãe |
| E., p. 93  | 189 —     | B: conhecidas... O |
|            | 191 —     | B: encabulado na sala e vieram bater boca na de jantar. [cruz, espaço] § (Famílias |
| E., p. 94  | 195 —     | B: demais. Só se o Crispiniano fôr também. Por nada deste mundo. Pai malvado. Meninas sapecas. Tempos de hoje |
|            | 195 —     | **Acrescentado em E:** demais. As filhas (...) cedo. Só |
|            | 198 —     | **Acrescentado em E:** mundo. Ora nessa é muito boa. Pai |
|            | 199 —     | **Acrescentado em E:** malvado. Não faltava mais nada. Falta de couro isso sim. Meninas sem juízo. Tempos |

200 — **Mudança de ordem, em** E: Tempos de hoje. Meninas sapecas. O mundo não acaba amanhã. Antigamente
202 — B: hoje. Antigamente não era assim. Afinal
203 — **Acrescentado em:** — hein, Sinhara? — antigamente não era assim. Tratem de casar primeiro. Afinal
205 — B: dia. Toda
206 — **Acrescentado em** E: dia também. Olhe o remorso mais tarde. Toda
207 — **Acrescentado em** E: diverte. São tantas as tristezas da vida. Bom. Mas que [**Em E, estas frases se intercalam com as de E**]
209 — B: gozo [**cruz, espaço**] § Na entrada
300 — B: Na entrada uma mesa com dois sujeitos contando dinheiro e este aviso: CONVITE: 10$0000. N.B. — DAMAS ACOMPANHADAS NÃO PAGAM ENTRADA. § O capitão rebocado
306 — B: sultão e respectivas odaliscas aproximou-se de má vontade. § O
309 — **Acrescentado em** E: entradas. O (...) estranhou. — Duas?
312 — **Acrescentado em** E: entra., Ah! isso era (...) cúmulos. § — Não
314 — B: posso? Por que não posso? § — Fantasia
316 — B: obrigatória. § O capitão assumiu uns ares de comando. Sem nenhum resultado. A influência do sultão falhou por completo. Fifi.
**Acrescentado em** E: obrigatória. E esta (...) presidente (...) Crispiniano (...) adiantava? Fifi
320 — B: lágrimas sentidas. § — Sozinhas
322 — **Acrescentado em** E: — Eu (...) isto: sozinhas
324 — B: entram. § Situação horrível. Os homens da mesa não cediam mesmo. § — por que [**Suprimido em E, que acrescenta:**] § O que (...) amável: § Por que?
328 — B: § O capitão sentiu-se ofendido. As **Suprimido em E que acrescenta:** § Crispiniano (...) lábios. As
329 — B: odaliscas tremeram com medo de explo-

| | | |
|---|---|---|
| E., p. 96 | 331 — | são. Todos<br>B: olhares pararam em Crispiniano Ferreira. Mas o capitão sacudiu os ombros, sorriu. § Depois |
| | 332, 333 — | **Acrescentado em E:** Porém (. . .) mesmo |
| | 333 — | B: Depois disse (com ironia amarga): — Mas |
| | 338 — | B: brincadeira: é verdade<br>E: ver-da-de [**Separação de sílabas, indicando entonação**] |
| | 339 — | B: que as cortinas (. . .) [cruz] (DO LARANJA DA CHINA)./ assinado Antonio de Alcântara Machado// |

O lírico Lamartine (Desembargador Lamartine de Campos)

Versões utilizadas:
C—Trio Brasileiro
E—1.ª edição em livro

| | | |
|---|---|---|
| E., p. 99<br>C.,p. 99 | 1 —<br>4 —<br>6 —<br>7 —<br>8 —<br>9 —<br>10 — | C: Desembargador. § Um metro<br>C: equânimes. § E o fraque<br>C: toga. § E os óculos. Sim: os óculos. § E o anelão<br>C: verdade: o anelão de rubi. § E o<br>C: o aspecto de balança. Sobretudo o aspecto de balança.<br>C: teso. A horizontalidade dos hombros. Os braços a prumo. As<br>C: prumo. As mãos que pesam o direito. § Sem |
| C., p. 100 | 11 —<br>12 —<br>15 — | C: Sem dúvida alguma: acima de tudo o aspecto de balança.<br>§ A justiça não se vê. Mas<br>C: Mas está atrás. Naturalmente. Está atrás como não. Sustentando<br>C: ele [**espaço**] § Paletó |
| E., p. 100 | 18 —<br>21 —<br>24 —<br>27 —<br>28 —<br>31 — | C: sofá ainda abarca a esposa. Mas<br>C: O peso de dona Sinhá é o<br>C: casou (era promotor público) dona Sinhá pesava<br>C: dona Sinhá se alastrou até sessenta<br>C: dona Sinhá fez<br>C: Luz. Desembargador. |

| | | |
|---|---|---|
| E., p. 101 | 32 — | C: Desembargador: a brincadeira de noventa |
| C., p. 102 | 33 — | C: novecentas gramas. E dona Sinhá prometia |
| | 34 — | C: ainda. Mais um pouquinho de boa vontade sebenta e o desembargador |
| | 38 — | C: numa arranque bandeirante ainda alargasse mais as |
| | 41 — | C: Porque você está |
| | 47 — | C: giratória arca com o peso da Justiça. § Abre a pasta. § Tira o DIÁRIO POPULAR. § De dentro do DIÁRIO POPULAR tira O MALHO. § Abre O MALHO. § Molha o dedão na |
| | 52 — | C: Aceleradamente. § Enfim: Caixa de O MALHO. Na |
| | 55 — | C: Pajem (...) querendo [em grifo. E., em negrito] |
| | 56 — | C: Soneto "Na tua cova". Modifique-o e |
| | 58 — | C: querendo: § Segunda |
| E., p. 102 | 62 a 64 — | C: Então (...) gozo! [grifo; E em negrito] |
| C., p. 103 | 67 — | C: tinteiro) § Primeira |
| | 69 — | C: Chocho? § E fica absorto batendo com a testa três pancadinhas na ponta da inspiração. E: Chocho? § Mais (...) poesia. [Substituição no final] |

B — Jornal do Comércio
E — 1.ª edição em livro, 1927

B — Mistério de fim de ano
E — O ingênuo Dagoberto (Seu Dagoberto Piedade)

E., p. 105   1 a 5 — B: Não se sabe com certeza de onde vêm. Não se sabe. Se dos arredores caipiras da cidade, se do interior do Estado, se dos cemitérios. O fato é que invadem S. Paulo. Enchem as ruas. Atravancam o Triângulo. § São os visitantes do fim do ano. Vestidos de vermelho, de azul, de amarelo. De brim, de alpaca, de chita. Usam guarda-chuva. Cheiram sabão de turco misturado com capim

|  |  | melado. Hospedam-se no Hotel do Sol. § Caminham aos grupos. Os pequenos de mãos dadas chupando bala. As mocinhas de olhos no chão. Encalistradas. Os mais velhos com ar desconfiado. O marido carrega a criança. A mãe a maleta com fraldas. E que sempre conservam a boca aberta. De admiração pelo progresso da capital de S. Paulo. § Um desenho de Voltolino. [espaço, cruz] § O pavão. [suprimido]
E: linhas introduzidas, aproveitando em parte o trecho suprimido de B: Diante (...) bala. |
|  | 6 e 7 — | B: Os sírios da rua Mauá da porta das lojas de armarinho laçam os coitados. Os coitados entram na loja.
E: linhas substituídas por: Lázaro Salém (...) entrar. |
|  | 8 — | B: A mulher quer um corte de cassa cor de rosa. O marido quer um paletó de alpaca.
E: inverte a ordem, colocando o 2.º período antes: Seu Dagoberto queria um paletó de alpaca. A mulher queria um corte de cassa verde ou então cor de rosa. |
|  | 10 — | B: A filha quer uma bolsinha de couro com espelhinho e latinha para o pó de arroz. |
|  | 12 — | B: O menino de treze anos quer uma |
|  | 13 — | B: O de doze quer um |
|  | 14 — | B: O de dez quer tudo. |
|  | 15 — | B: tudo. § A criança
E: Acrescenta: tudo. § É só escolher. § O menorzinho |
|  | 16 — | B: A criança de colo quer mamar. § E o sírio |
| E, p. 106 | 17 a 20 — | B: E o sírio um despropósito por tudo aquilo. Mas é tão jeitoso o seu Miguel. Bate
E: **Acrescenta:** mamar. § — Leite (...) Salem |
|  | 21 — | B: Bate nas bochechas do Zequinha. Dá uma |
|  | 22 — | B: Pergunta a dona Cota onde |
|  | 24 — | B: feitos. Fala
E: **Acrescenta:** feitos. Estava se vendo que outros dezoito quilates. Falou |

| | 25 — | B: feitos. Fala. Não deixa os outros |
|---|---|---|
| | 26 — | B: falarem: Jura por Deus |
| | 27 — | B: Deus. E acaba convencendo que não ganha nada. § A família |
| | | E: **Substituído por**: Deus. § Entre (...) mudo. E a família [**não abre** §] |
| | 28 — | B: família sai carregando pacotes. Em |
| | 29 — | B: Luz. Contente da compra e da vida [**espaço, cruz**] § O pavão. |
| | | E: **Suprime**: Luz [**espaço**] § O pavão. |
| | 32 — | B: mão do Quim. Os |
| | 33 a 35 — | acrobáticos. § Depois : |
| | | E: **acrescenta**: acrobáticos. Quando (...) mesmo. § Depois |
| | 36 — | B: fotógrafo se |
| | 37 — | B: aproximou. Dona Cota relutou |
| | | E: **Acrescenta**: aproximou. Seu Dagoberto concordou logo. Silvana relutou. |
| E, p.107 | 38 a 45— | B: vergonha. Mas o espanhol tanto fez tanto fez que a família deixou os pacotes no banco e se perfilou diante da objetiva. |
| | | E: **Acrescenta**: vergonha. Diante (...) discute a família deixou. [**Modificação de pontuação**] |
| | 46 — | B: objetiva: Ninguém se mexia. O fotógrafo não gostou da pose. Pos os |
| | | E: **Acrescenta**: objetiva. Parecia uma escada. O fotógrafo não gostou da posição. Colocou os pais nas pontas. |
| | 48 a 52 — | B: os pais no meio e dois filhos de cada lado. Então o Nenê. |
| | | E: **Acrescenta**: pontas, Cinco (...) Ninguém se mexia. Atenção. Aí Juju. |
| | 52 — | B: Então o Nenê derrubou a |
| | | E: Aí o Juju derrubou |
| | 57 — | B: quarto. Dado o arranque inicial não parou mais. O grupo |
| | | E: **Suprime**: quarto. O grupo |
| | 60 — | B: solicitou um sorriso |
| | 61 — | B: artístico. Dona Cota escondeu a boca com a mão e começou a rir |
| | 62 — | B: artista esperou uns |

| | | |
|---|---|---|
| E, p. 108 | 63 — | B: Pronto. A família cravou os olhos na máquina. É agora. Recebeu. |
| | 64 — | B: Recebeu o segundo pedido para sorrir. § — O |
| | 65 — | B: — O Nenê também? |
| | 66 — | B: Polidoro voou<br>E: **Acrescenta**: Polidoro (o inteligente da família) voou |
| | 69 — | B: cobrou cinco mil réis [**espaço, cruz**] § A família<br>E: **Acrescenta**: cobrou doze mil réis por meia dúzia [**espaço**] § A família |
| | 71 — | B: banco do bonde que ia para a Vila Mariana. Mas |
| | 72 — | B: Mas antes o Zequinha brigou com o Quim porque queria ir sentado. |
| | 75 — | B: bonde seguiu. Então Polidoro. |
| | 77 — | B: Quim. Desistiu<br>E: **Acrescenta**: Quim ainda com as pestanas gotejando. Desistiu |
| | 79 — | B: seu Floriano mesmo |
| | 80 — | B: pagou. § Na rua Domingos de Moraes seu Floriano chamou o condutor. O condutor veio de má vontade. § — O senhor avisa quando chegar no Parque Antártica? § — Hein?<br>— A gente quer descer no Parque Antártica. § O português não deu pancada mas teve desejos loucos. O primeiro poste recebeu a família aflita [**espaço, cruz**] § Zequinha não |
| E., p. 108-109 | | E: Substituiu este trecho de B por outro: pagou. § O bicho (...) Antártica [**espaço**] § Polidoro não |
| E., p. 110-111 | | |
| | 140 a 147 — | B: **Modificação de ordem em períodos, que internamente sofrem pequena alteração.** B: mesmo. § (1) Foram tomar gasosa no restaurante. (2) Nenê implicou com os dobrados da banda. (3) Seu Floriano foi roubado no troco. § (4) A galinha do caramanchão ficou com os duzentos mil réis e não pôs ovo nenhum. (5) Nharinha não tirava os olhos do moço de branco. |
| E., p. 111 | | E: (1) caminhos. Nharinha (...) mão. (2) Juju começou (...) banda. (3) A galinha (...) |

|            |            | nenhum. (4) Foram tomar (...) restaurante. (5) Seu Dagoberto foi (...) troco. Logo, |
|---|---|---|

```
                                B           E
                               (1) _____  (4)
                               (2) _____  (2)
                               (3) _____  (5)
                               (4) _____  (1)
                               (5) _____  (3)
```

E, p. 111          147 — B: branco. Quim.
                        E: **Acrescenta**: troco. O calor (...) florida. Quim
                   149 — B: perdeu-se na multidão que
                   151-154 — B: moço de branco encostou-se em Nharinha que ficou vermelha mas não disse nada. Nem afastou o corpo. § No
                        E: Divide o período de B em dois, além de outras alterações internas.
                   154 — B: No bonde dona Cota disfarçadamente libertou os pés dos sapatos novos de pelica envernizada. [espaço, cruz] § Depois.
                        E: pelica preta envernizada com tiras verdes atravessadas. [**final acrescentado**] [espaço] § Depois.

E., p. 112         157 — B: Depois do jantar seu Floriano saiu do hotel palitando os dentes. Foi
                   160 — B: Assistiu à chegada do trem de Santos. Acendeu
                   164 — B: movimento. Então dois
                        E: **acrescenta:** movimento. Mulatas riam com soldados de folga. Dois
                   165 — B: dois homens simpáticos lhe
                   166 — B: fogo: Seu Floriano deu.
                   168 — B: — Não há de quê.
                   169 — B: § — Está fazendo um calor insuportável, não acha?

E., p.112-113      172 a 179 — B: certa. O tempo intolerável de S. Paulo forneceu assunto para cinco minutos. Depois o de Itapira de onde os homens simpáticos haviam chegado naquele mesmo dia de manhã. E para onde deviam voltar na manhã seguinte bem cedo e sem falta. Seu Floriano foi tomando interesse pela conversa. Palestrando começaram a descer a avenida

| | | |
|---|---|---|
| E, p. 113 | 179 —<br>180 — | Tiradentes. § Na.<br>B: Tiradentes. § Na esquina.<br>E: **Suprime** §<br>B: trocou um pacote de oito contos de réis por três camarões de duzentos. E voltou<br>E: **acrescenta**: trocou três camarões de duzentos e mais um relógio com uma corrente e três medalhinhas (duas de ouro) por oito contos de réis. E voltou. |
| | 184 — | B: voltou para o Grande Hotel do Sol que nem uma bala. § No |
| | 185 — | B: No dia seguinte A Gazeta noticiou o sucesso com este título: Mais um! E chamou seu Floriano de trouxa. [espaço, cruz] A indignação |
| E, p. 113-114 | 185-205 — | E: **Longo trecho acrescentado**: bala [espaço] § [Napoleão (. . .) testa]. [espaço] § A indignação |
| | 206 — | B: de dona Cota não |
| | 208 — | B: ter aberto o pacote na frente |
| | 211 — | B: Nem seu Floriano. § Não |
| | 212 — | B: Seu cara de não sei quê! |
| | 214 — | B: Seu Floriano foi perdendo |
| | 216 — | B: Seu caipira de uma figa! |
| | 217 — | B: Aí seu Floriano não |
| E., p. 115 | 218 — | B: para a mulher. Nharinha<br>E: **Acrescenta**: mulher mordendo os bigodes |
| | 219 — | B: Nharinha berrando se pôs entre os dois. Os meninos.<br>E: **Acrescenta**: dois de braços abertos. Os |
| | 225 — | B: chapéu na cabeça. Roncou |
| | 226 — | B: feio. Fuzilou a família com o olhar. Bateu |
| | 227 — | B: força. § Tarde da<br>E: **Acrescenta**: força. Tornou (...) porta. § Tarde. |
| | 230 — | B: voltou. Alegre que só vendo. Contando |
| | 231 — | B: uma história complicadíssima de |
| | 233 — | B: família. Querendo abraçar dona Cota. Chamando-a de meu pedaço. § Dona Cota deu<br>E: **Acrescenta**: pedaço. E gritava. § Também (...) dela. Silvana deu. |

E., p. 116

236 — B: nele. E seu Floriano caiu de atravessado.
237 — B: Caiu e dormiu. [espaço, cruz] § Quando.
     E: **Não tem espaço**: sono. § Quando
241 — B: volta dona Cota pegou
242 — B: entregou-a de
244 — B: para aprontar as malas. Nharinha à voz
246 — B: choradeira danada. Já
247 — B: vida da Capital artística. Cortara os cabelos.
250 — B: retrato de Rodolfo Valentino debaixo do travesseiro. E
252 — B: Tobias. Só
250 — B: perigo. § Mas a
     E: **Acrescenta**: perigo em suma. § Mas
257 — B: Quando dona Cota punha as mãos na cintura e fungava a família
258 — B: já sabia: era
260 — B: resistência. § Nharinha
     E: **Acrescenta**: resistência. Inútil e perigosa. § Nharinha.

E., p. 117

265 — B: desceu. Dona Cota pagou.
266 — B: quando seu Floriano deu
     E: **Acrescenta**: seu Dagoberto largou o baú no chão e deu
269 — B: família fixou-o interrogativamente. Seu Floriano cada
266 — B: apalpadelas. Depois disparou
     E: **erro de impressão**: apalpdelas; de repente abriu a boca e disparou [acrescentado em E]
272 — B: escada do hotel acima. E voltou.
274 — B: recortes de jornal na mão. § Dona Cota compreendeu.
     E: **Acrescenta**: jornal e bilhetes de loteria na mão. D. Silvana compreendeu.
276 — B: raiva. Por pouco não estourou. Mas.
     E: **Acrescentado**: raiva Ia (...) § — Vamos! § Aí
280 — B: Mas quando o proprietário do hotel perguntou torcendo os bigodes para onde seguia a família não se conteve. § Desviou.
     E: **Mudança de pontuação além de outras alterações**: família. Aí Silvana não se conteve, desviou.

283 — B: nariz das unhas do Nenê. E: **a** nariz [erro de impressão]
285 — B: Roque! § Seu Roque
286 — B: cabeça. [**espaço, cruz**] § Não se sabe com certeza de onde vêm. Nem para onde vão. Não se sabe. § São os visitantes do fim do ano.
E: cabeça. [**Suprime parte final de B**]

O aventureiro Ulisses (Ulisses Serapião Rodrigues)

Versões utilizadas:
D — Revista Verde de Cataguases — outubro de 1927, n.º 2, ano 1
E — edição em livro

| | |
|---|---|
| E., p. 122 | 25 — D: ainda esconde nos |
| D., p. 8 | E: esconde |
| | 37 — D: A FOLHA ! § Virou-se para trás. § — ESTADO! |
| E., p. 124 | 66 — D: meu Deus ? Enguliu |
| | 74 — D: muito satisfeito consigo |
| | 77 — D: (o que bebia) lhe |
| | 78 — D: lhe dissera: Desse |
| E., p. 125 | 102 — D: olhos da Teda Bara nos |
| D., p. 9 | 108 a 120 — D: Ulisses (...) Gratificado. [**Em grifo, em negrito, em E**] |
| E., p. 126 | 127 — D: andando devagarinho. Viu |
| | 132 — D: Pensou: Quando [**maiúscula depois de dois pontos, usual no autor**] |
| E., p. 127 | 142 — D: O português descia |
| | 143 — D: nem o português lavantaram |
| | 149 — D: Mulher (...) posso ... [**em grifo. E, em negrito**] |
| | 159 — D: bentinhos. /S. Paulo, agosto de 927/ **assinado**: Antonio de Alcântara Machado |

A piedosa Teresa (Dona Teresa Ferreira)

Versões utilizadas:

A: dança de S. Gonçalo — **Terra Roxa e outras terras**. São Paulo, 20 de janeiro de 1926, Ano 1, n.º 1.
E: 1.ª edição em livro

| E., p. 131 | 1 — A: cauda de pricisão. Bodum |
| | 8 — A: Os violeiros, encabeçando as filas, puxando a reza fazem reverências. |
| | 11 — A: Bate-pé no |
| | 11 — A socada, Pan-pan-pan-pan-pan! [cinco vezes] Pan-pan! [duas vezes] Pan! [uma vez] Pan-pan-pan! [três vezes] Pan-pan! [duas vezes] Param. De repente. Inesperadamente. § Para |
| | 15 — A: Plá. Param § Para os |
| E., p. 132 | 20 — A: pra S. Gonçalo |
| | 22 — Acrescentado em E: Tu (...) diabo! |
| | 27 — A: Oaiiiiiih [seis is] |
| | 29 — A: apertados sauda o |
| | 31 — A: Reverências para cá. Reverências para lá. Tudo sério. Volta |
| | 37 — A: inclina a cabeça diante de S. Gonçalo |
| E., p. 133 | 39 — A: cansa. Os assistentes enchem os cantos sombreados. No centro |
| | 40 — Acrescenta em E: sombreados os (...) mãos. No centro |
| | 41 — A: sala de vinte metros quadrados |
| | 42 — A: azeite se agita. § Minha |
| | 45 — A: espiam pelas janelas |
| | 47 — A: gente. A dona da casa, desdentada, recebe |
| | 50 — A: § Pan-pan-pan! Pan-pan! Pan! |
| | 52 — A: A alma dele está penando |
| | 52 — A: céu ... § Plá |
| | 56 — A: entrá ... § Vou |
| E., p. 134 | 60 — A: é do empório Itália-Brasil. Garibaldi |
| | 61 — A: Garibaldi tem uma bandeirinha auriverde no alto e ergue bem alto a espada |
| | 68 — A: avança, cumprimenta à esquerda, cumprimenta à direita, tocam-se |
| | 70 — A: para seu lugar. O |
| | 76 — A: força. § A noite cerca de escuridão a casinha de barro. Cigarros acesos são riscos de fogo nas mão inquietas [Suprimidos em E] § A dona da casa é viúva de um português. E amiga de um negro. § — Não [Deslocado em E, linha 81]. |

| | | |
|---|---|---|
| E., p. 135 | 78 — | A: danada ... Não |
| | 79 — | A: sará ... O |
| | 97 — | A: esta festa. § Foi promessa que |
| | 99 — | A: precuradô. § A cabocla trata de salvar a alma do morto e o corpo do vivo<br>E: linha 83/84: A filha bonitinha sorri enleiada |
| | 100 — | A: só. Chega gente<br>**Acrescentado** em **E**: É proibido (...) sala. Chega. |
| E., p. 136 | 104 — | A: altar. Gingam. O |
| | 107 — | A: mundo ... § Cantando |
| | 109 — | A: Cantando, andam pela salinha |
| | 110 — | **Acrescentado em E**: gente. Amor (...) oratório. § O preto |
| | 121 — | A: celeste ri, amamentando o filho. Mas os violeiros esganiçam. |
| | 122 — | **Acrescentado em E**: O bico (...) filho. § Da dança |
| E., p. 137 | 126 — | A: Ôooôh! Aaaaah! Iiiiiih! |
| | 130 — | A: bandeirinhas desenham um x de papel sobre a cabeça dos |
| | 135 — | A: no lugar doente |
| | 138 — | A: vale estreito. São fagulhas os vagalumes. De uma fogueira que não se vê. Lá dentro o mesmo ritmo. Faz já uma hora monótona<br>**[Suprimido em E]**<br>**Acrescentado em E**: Anda (...) casa |
| E., p. 138 | 146 — | A: ou meno ... Pro |
| | 151 — | A: tão bonito /ć'uma luz |
| | 153 — | A: alumiá!/ § Do alto do montão de lenha, a gente vê, no fundo, S. Paulo estirado. Todo aceso. De outro lado, a Serra da Cantareira não deixa a vista passar. Nosso. |
| | 159 — | **Acrescentado em E**: Dona (...) pata |
| E., p. 139 | 163 — | A: Ôôôôôh! Aaaaah! Ôaôôaaôh! Ôôiiiiih! Parece um órgão, no princípio. Canto-chão. No fim é carro de boi. § Senhora |
| | 167 — | A: Padre, Filho |
| | 168 — | A: guincha é o caipira de bigodes exagerados. /Cantareira (Granja Santa Maria) Dezembro de 925/ **assinado**: Antonio de Alcântara Machado. |

## ATUALIZAÇÃO ORTOGRÁFICA E NOTAS

1. O revoltado Robespierre

**1.ª edição — Atualização**

ás dez — às dez
aquêles — aqueles
sôpro — sopro
trôco — troco
retem — retém
geito — jeito
êste — este
quási — quase
que dê — quedê
naquêle — naquele
concerta-se — conserta-se (com o sentido de **reparar**; atualmente, escreve-se com **c** quando o sentido é o de fazer uma apresentação musical: concerto)
Nota do ed.: A personagem nota o erro de concordância, aliás até hoje muito comum em cartazes e propaganda: conser**ta-se** máquinas, por consert**am-se** máquinas. Logo o uso de caixa-alta, ou seja tipos grandes, representa a indignação da personagem diante do erro. A seqüência do texto confirma isto.
selectos — seletos
Nota do ed.: **Camilo (Castelo Branco)** — escritor português, considerado um dos mestres da língua.
fêcho — fecho
Nota do ed.: **cebolão** — nome popularmente dado ao relógio de bolso, antigamente usado, antes da invenção — por Santos Dumont — do relógio de pulso.
êste — este
deante — diante
sub-inspector — sub-inspetor
Marmon — marca de carro
Socôrro — Socorro

2. O patriota Washington

Nota do ed.: nome da personagem, Washington, é alusão a Washington Luis Pereira de Sousa — presidente do Estado de São Paulo, de 1920 a 24 e presidente da República de 1926 a 1930, quando foi deposto. Famoso por seu pensamento: "governar é abrir estradas" — que também de certa forma merece alusão, no conto.

Nota do ed.: eta — interjeição muito comum na época, presente em muitas obras modernistas que reproduzem a oralidade.

## 1.ª edição — Atualização

de facto — de fato
dêle — dele
ás vezes — às vezes
Nota do ed.: "beija e balança" — expressão do poema de Castro Alves Os Escravos, que diz a certa altura: "Auriverde pendão da minha terra / que a brisa do Brasil beija e balança / estandarte que à luz do sol encerra / as promessas divinas da esperança".
êste — este
exagêro — exagero
tôda — toda
fêz — fez
Nota do ed.: clácson, grafada também **klacson** — do francês, nome usual de "buzina" na década de 20. **Klaxon** foi também o nome da 1.ª revista modernista, em 1922.
cultiva-los — cultivá-los
tambêm — também
Nota do ed.: Erro de revisão: "Repare só **no** quantidade", em lugar de **na**
êle — ele
Nota do ed.: **Rui** — Refere-se a **Rui Barbosa**. **Epitácio** — Referência a Epitácio Pessoa, presidente da República de 1919 a 1922.
juri — júri
morfea — morféia
êsse — esse
Nota do ed.: **Belisário Pena** — médico
á direita — à direita

### 3. O filósofo Platão

Nota do ed.: **Platão** — filósofo grego, viveu de 427 (?) a 348 A.C.

**1.ª edição — Atualização**

director — diretor
gelea — geléia
ónibus — ônibus
nêste — neste
Nota do ed.: **Patek** — marca de relógio de grande valor. No caso significa coisa boa, de nível.
moer — gíria: cacetear, chatear. Dicionarizada
á larga — à larga
á mostra — à mostra
Nota do ed.: bicho — homem, indivíduo.

**1.ª edição — Atualização**

tôda — toda
dêle — dele
fêz — fez
peor — pior
tôda — toda
geito — jeito
êsse — esse
Euridice — Eurídice
deante — diante
director — diretor
Nota do ed.: **cabeça-chata** — Dicionarizado: nome dado ao brasileiro do norte, do Ceará e por extensão aos demais nortistas.
êle — ele
Chi — Xi — interjeição, muito empregada nas obras modernistas nas quais se reproduz a oralidade
côco — coco
veiu — veio
quizer — quiser
Nota do ed.: solão — aumentativo de sol.
porêm — porém
chôfer — chofer
Nota do ed.: Atualmente a forma usual é **motorista**, embora ainda se use **chofer**, em menor escala.
dígno — digno
quiz — quis
fecha-lo — fechá-lo
deante — diante
Nota do ed.: poste citado - indicativo de ponto de parada de bonde.

Nota do ed.: na lata — gíria equivalente a "no duro" "na batata", expressões que são utilizadas para enfatizar a veracidade absoluta, sem disfarces.

4. A apaixonada Elena

Nota do ed.: o nome é a alusão a **Helena**, heroína da Ilíada, mulher famosa por sua beleza, cujo rapto ocasionou a guerra de Tróia.
Nota do ed.: **Literário** — referência a uma das muitas associações culturais que tinham atividades sociais e às vezes também esportivas

1.ª edição — Atualização

êsses — esse
fêz — fez
Nota do ed.: **Panotrope** — marca de toca-discos, conhecida na época.
deante — diante
desafôro — desaforo
Nota do ed.: **Pinião** — trata-se, de nome de música.
aquêles — aqueles
ás oito — às oito
senvergonhice — sem-vergonhice
geito — jeito
Nota do ed.: é **pau** — gíria, hoje em desuso, que designava coisa ou pessoa maçante
inspecção — inspeção
veiu — veio
Nota do ed.: **Reo** — marca de carro
**maxixe** — tipo de ritmo, com coreografia de certa complexidade, comum nos salões das décadas de 20 e 30.

5. O inteligente Cícero

Nota do ed.: **Cícero** — político, escritor, romano, conhecido por ter sido orador brilhante.

1.ª edição — Atualização

môlho — molho
cordealmente — cordialmente
redacção — redação
á esperteza — à esperteza

fêz — fez
nêsse — nesse
á dicção — à dicção
á expressão — à expressão
Nota do ed.: **Chabi Pinheiro** — português, ator de teatro, fez várias temporadas no Brasil.
heroico — heróico
ás sete — às sete
busca-lo — buscá-lo
dêle — dele
nêle — nele
gôsto — gosto
bôca — boca
ás sete e meia — às sete e meia
veiu — veio
chama-lo — chamá-lo
quiz — quis
aspecto ou aspeto — ambas formas dicionarizadas.
Nota do ed.: **assõe** — erro, por **assoe**
tambêm — também
êle — ele
porêm — porém
ás oito — às oito
manda-lo — mandá-lo
fêz — fez
veiu — veio
idea — idéia
dêste — deste
á máquina — à máquina
sôbre — sobre
Nota do ed.: **cabesse** — pronúncia incorreta, corrente na linguagem infantil ou popular, corrigida no texto pela personagem: coubesse
pêso — peso
côco — coco
Nota do ed.: **coco** — Gíria, designa cabeça.

6. A insigne Cornélia

Nota do ed.: Alusão à figura de **Cornélia**, romana, mãe dos Gracos, apontada como modelo de virtudes.

1.ª edição — **Atualização**

á chave — à chave
veiu — veio
injecções — injeções
môlho — molho
Nota do ed.: **cicrana-sicrana, fulana** — formas que substituem nomes verdadeiros.
dêsses — desses
aquêles — aqueles
idea — idéia
ás onze — às onze
êle — ele
geito — jeito
tambêm — também
deante — diante
adeanta — adianta
á meia noite — à meia noite
fêz — fez
êsse — esse
Nota do ed.: Dúvida da personagem quanto à pronúncia. O correto é **iguarias**, com a tônica na sílaba **ri**
quiz — quis
quási — quase
aquêle — aquele
ás duas — às duas
ninguêm — ninguém
Nota do ed.: **No reino da quimera** — peça de teatro.
quási — quase
Nota do ed.: **Adolfo Menjou** — artista de cinema
deante — diante
chôro — choro


7. O mártir Jesus

1.ª edição — Atualização

acôrdo — acordo
modêlo — modelo
Nota do ed.: **chorar miséria** — queixas em relação a falta de dinheiro, em geral infundadas.
Nota do ed.: **bataclan** — termo comum na época, derivado do nome de uma companhia de revistas francesa, que esteve no Brasil na década de 20: Ba-ta-clan

tôda — toda
ninguêm — ninguém
sôbre — sobre
tôrno — torno
á rua — à rua
n. 135 — n.º 135
êsse — esse
tambêm — também
Nota do ed.: **Seu Mé** — apelido dado ao Presidente Artur Bernardes, alusivo ao cavanhaque.
Nota do ed.: **Nazareth** — Ernesto Nazareth — compositor e músico brasileiro.
fêz — fez
desafôro — desaforo
idea — idéia
veiu — veio
director — diretor
cincoenta — cinqüenta
peor — pior
bôca — boca
Nota do ed.: **"Caçador de esmeraldas"** — título de poema de Olavo Bilac, sobre a bandeira de Fernão Dias Pais.
ôlho — olho
quiz — quis
quási — quase
adeanta — adianta
tambêm — também
dêste — deste
gôzo — gozo
adeantava — adiantava

8. O lírico Lamartine

Nota do ed.: **Lamartine** — poeta romântico francês

9. O ingênuo Dagoberto

**1.ª edição — Atualização**

á vontade — à vontade
celuloide — celulóide
aquêles — aqueles

direcção — direção
Nota do ed.: **Buck Jones** — ator de cinema que fazia papéis de cow-boy, famoso na época.
quási — quase
porêm — porém
deante — diante
obectiva — objetiva
ninguêm — ninguém
quiz — quis
acalma-lo — acalmá-lo
ás ordens — às ordens
bôca — boca
Nota do ed.: **caradura** — brasileirismo dicionarizado: "bondes mistos". Nome dado ao banco que nos bondes o passageiro fica de frente para os demais (Aurélio)
idea — idéia
nêsse — nesse
nêle — nele
Nota do ed.: **grelada** — de grelar: dicionarizado: olhar fixamente para uma mulher, "namorar".
á chegada — à chegada
ás onze — às onze
gôsto — gosto
rêde — rede
Nota do ed.: **Amor e Morte** — Manchete de jornal, que inspira um conto de **Brás, Bexiga e Barra Funda**.
Nota do ed.: **Pindoba** — nome de palmeira, aqui, sinônimo de bocó, pateta, ignorante.
Nota do ed.: A fúria da mulher se desencadeou porque o marido foi vítima do "**conto do vigário**", ou seja, foi enganado por malandros que o levaram na conversa e roubaram-lhe o dinheiro.
á voz — à voz
n. 24-D — n.º 24 - D

10. O aventureiro Ulysses

**1.ª edição — Atualização**

nêsse — nesse
Nota do ed.: **Duzentão** — moeda de 200 réis, assim chamada popularmente
alguêm — alguém

êle — ele
geito — jeito
ninguêm — ninguém
Nota do ed.: **Pipocas** — usado aqui como interjeição com o sentido de Ora! Ora Bolas!, expressando indiferença ou desprezo pela opinião dos outros.
Nota do ed.: **Estado! Comércio! A Folha!** — Nomes de jornais, como: **Fanfulla**, jornal italiano de S. Paulo, **São Paulo Jornal**, que aparecem a seguir. Note o uso de caixa-alta e exclamação, que representam a voz alta de quem faz o pregão, nas ruas.
Nota do ed.: **diacho** — Forma popular, eufemismo de diabo.
quási — quase
Nota do ed.: **catou** — pegou, recolheu
Nota do ed.: **Pá!** — onomatopéia
direcção — direção
Nota do ed.: **cabra** — indivíduo. Usado notadamente no Nordeste.
dêsse — desse
Nota do ed.: **Eta** — interjeição
Nota do ed.: **Topada** — tropeção. Choque dos dedos dos pés com algum obstáculo.
descançar — descansar
á sombra — à sombra
Nota do ed.: **pequitito** — diminutivo de pequeno
Nota do ed.: **banzados** — de banzar: ficar pensando, distraído, desligado.
Nota do ed.: **Pola Negri** — estrela famosa do cinema na época.
bôca — boca
sôco — soco
Nota do ed.: O anúncio em negrito indica transcrição de texto de jornal.
estrêla — estrela
cincoenta — cinqüenta
Nota do ed.: **Light** — empresa que por muito tempo se encarregou dos serviços de luz e força, em S. Paulo, famosa, na década de 20, por ter introduzido bondes elétricos, atualmente fora de circulação.
Nota do ed.: **malho** — espécie de martelo
Nota do ed.: **dormente** — tora de madeira nas quais se apoiam os trilhos, de trens ou de bondes, como é o caso.
Nota do ed.: Em negrito: letra de música.
nêle — nele
Nota do ed.: **bentinhos** — medalhas usadas como proteção.

## 11. A piedosa Teresa

Nota do ed.: **Dança de São Gonçalo** — dança religiosa, folclórica, realizada para pagar promessa.
recem-nascido — recém-nascido
Nota do ed.: **velso**: pronúncia popular de **verso**
côro — coro
ninguêm — ninguém
Nota do ed.: reprodução da pronúncia popular na linguagem escrita
tá — está
Faiz — Faz
Natar — Natal
ano — anos
podê — poder
entrá — entrar
antão — então
fazê — fazer
deixá — deixar
pomá — pomar
livrá — livrar
sará — sarar
enforcá — enforcar
artá — altar
fizemo — fizemos
nóis — nós
fazia — fazíamos
procuradô — procurador
tava — estava
memo — mesmo
emprestado — emprestados
enfeitô — enfeitou
caçoá — caçoar
castigá — castigar
veiz — vez
quizé — quiser
pegá — pegar
lugá — lugar
pecadô — pecadores
ajoeai — ajoelhai
meno — menos
cazinha — casinha
geito — jeito
dêste — deste
quiz — quis

pla — pela
bunita — bonita
cuma — com uma
alumiá — alumiar
visitá — visitar
senhô — senhor
aminhã — amanhã
ajoeiado — ajoelhado
convelso — converso
Nota do ed.:  tropicar — popular, tropeçar, quase cair

12. O tímido José

1.ª edição — Atualização

ninguêm — ninguém
alguêm — alguém
dêle — dele
êle — ele
bôca — boca
senvergonhice — sem-vergonhice
direcção — direção
deante — diante
peor — pior
dêste — deste
aquêle — aquele
porêm — porém
Nota do ed.: **Varredeira da Limpeza Pública** — máquinas que limpavam as ruas de madrugada.
Nota do ed.: **sujeira** — feminino de sujeito, depreciativo.
ciume — ciúme
direcção — direção
adeante — adiante
geito — jeito
recommendava — recomendava
gôzo — gozo
dêle — dele
quási — quase
immediatamente — imediatamente
aquêle — aquele
Nota do ed.: **chaveco** — xaveco: coisa ou pessoa de pouco ou nenhum valor
acompanha-lo — acompanhá-lo

# A FORTUNA CRÍTICA DE BRÁS, BEXIGA E BARRA FUNDA E LARANJA DA CHINA

Esta parte reservada à bibliografia de e sobre a obra e à seleção de estudos críticos, se estrutura da seguinte forma: inicialmente traz em ordem cronológica as edições públicas da obra, a partir da 1.ª edição em livro, sofrendo, cada uma, rigorosa caracterização, que individualiza cada edição. No caso específico, por se tratar de volume de contos, fez-se necessária a inclusão do item relativo a contos avulsos que subdividimos em: edição parcial, de alguns contos publicados antes da edição em livro. (Acreditamos que este item enriqueça a bibliografia da obra, por se tratar inquestionavelmente de edição pública, ainda que parcial, anterior ao livro); e divulgação da obra do autor, ficando clara, inclusive, a preferência do público — de certo público, pelo menos — que pode externar seu gosto, promovendo a republicação de contos em periódicos. A freqüência maior incide em Gaetaninho, seguido de longe por Carmela, no caso de **Brás, Bexiga e Barra Funda,** e A piedosa Teresa (A dança de São Gonçalo) e o inteligente Cícero, do **Laranja da China,** para só mencionar contos das obras que constituem agora o objeto de nossas considerações. Outro fato que se faz notório é o gosto em ilustrar tais contos, surgindo uma galeria de tipos que concretizam plasticamente a criação literária de Antonio de Alcântara Machado. Algumas dessas ilustrações vêm aqui reproduzidas.

Quanto ao item seguinte a um simples exame superficial dá a perceber que estudos específicos a obras isoladas são quase todos do ano de sua publicação. Muitos se ampliam em considerações mais profundas, indo além do mero intuito informativo da resenha, e por ocasião da publicação do segundo livro de Antonio de Alcântara Machado nota-se a tendência em mencionar também a obra anterior — **Pathé-Baby** — com a qual o autor passou a ocupar lugar de destaque no movimento modernista. Atitude que se reforça com a publicação de **Laranja da China,** do ano seguinte, 1928 — quando então será comum a abordagem das três obras, simultaneamente. Como a segunda edição de **Brás, Bexiga e Barra Funda** foi conjunta com **Laranja da China,** com prefácio de Sérgio Milliet, em 1944 passa-se a falar quase sempre dessas duas obras ao mesmo tempo, com referências a **Mana Maria e contos** de edição póstuma, em 1936. **Pathé-Baby** não teve reedição, e com a reunião de **Brás, Bexiga e Barra Funda, Laranja da China,**

**Mana Maria** e contos avulsos em **Novelas Paulistanas**, que saiu em 1961, as críticas, daí em diante, são quase todas do conjunto aí reunido, visto como obras completas do autor. Essa é uma das razões de não se colocar na seleção de críticas que reproduzimos estudos específicos a cada obra realizados em épocas diversas. Menções às obras houve, muitas vezes, mas em geral relembradas em ocasiões em que a figura do autor — Antonio de Alcântara Machado — merece o primeiro plano —, como se deu por ocasião de sua morte prematura e inesperada, em 1935, ou em sucessivas datas comemorativas deste acontecimento. Notícias e notas, em jornais, são abundantes sobre o autor e sua produção publicada em livro — mas pouco se pode extrair como dado crítico, que tenha valor perdurável. A falta de críticas específicas gerou outro tipo de atitude ante a obra de Antonio de Alcântara Machado: a preocupação em realizar estudos abrangentes, da totalidade de sua produção, que busca sanar a ausência de críticas mais profundas, de obras isoladas ou aspectos determinados. O tratamento genérico de toda a obra editada ou a predominância de atenção à figura de Antonio de Alcântara Machado, como jornalista, escritor, político é a constante dos estudos que localizamos: fato que deve ser encarado, portanto, como uma peculiaridade inerente às circunstâncias, e não à Bibliografia em si. Por isso, separamos, na Bibliografia, estudos que oferecem abordagem de caráter amplo, sobre a produção em geral do autor e estudos sobre cada obra em questão. É evidente o desequilíbrio, ficando clara a obrigatoriedade de consulta aos estudos gerais para colher-se dados sobre uma ou outra obra.

# SELEÇÃO DE CRÍTICAS

**LARANJA DA CHINA** — São Paulo Empresa Gráfica Ltda.*

João Ribeiro

Antonio de Alcântara Machado é um dos maiores nomes da literatura contemporânea, na feição modernista que a caracteriza.

Não é um exagero dizer que é um mestre, sem embargo da sua flórida juventude.

É, realmente, um mestre na sua arte de observar e de dizer. **Brás, Bexiga e Barra Funda** desde logo empolgou a atenção dos que nele pressentiam o sinal revelador de um espírito original, novo e bem constituído.

**Laranja da China** esboça alguns traços mais nacionais, quero dizer, da gente luso-brasileira, que dá ainda o tom da sociedade já formada e estratificada, ao passo que **Brás, Bexiga e Barra Funda** colhem a vida futura na sua química, em estado nascente.

Assim, pois, parece que **Laranja da China** seria menos original como concepção. Mas não é assim.

A originalidade própria do livro está na aguda observação cotidiana dos pequenos fatos, minúcias, trivialidade e gestos do dia e da hora que passa.

O seu método experimental a que não escapa o menor traço psicológico é realmente fora do comum.

Vemos nesse livrinho a história do pequeno funcionário, desde o tomar o bonde até o desembarque ao pé da repartição, meia hora apenas de vida com as tintas fiéis e escrupulosas do narrador admirável.

**O Filósofo Platão** é um estudinho de temperamento em dez breves páginas de **humour**.

A vida familiar (les platitudes du mariage), o lado cômico das futilidades entre marido e mulher; e as filhas e as crianças, em alternativas de

---

(*) **Jornal do Brasil**, Rio de Janeiro, 4 de maio de 1927.

aborrecimentos e de alegrias, são tratados a fundo (permitimo-nos dizer) nesse livro de ar fútil e despretensioso.

Em muitas coisas, o Sr. Antonio de Alcântara Machado lembra-nos o Lima Barreto da **Vida de Gonzaga** ou do **Policarpo Quaresma**.

Não temos, pois, nenhuma dificuldade em proclamar que a **Laranja da China**, foi certamente enxertada na melhor **Seleta**, que dão os nossos pomares, tanto é nela doce o agro e cheirosa a casca dessa fruta.

Esperemos o seu romance prometido, para o julgar com inteireza, se a alguns parecer que é exagerado o nosso mofino parecer de crítico.

Focalizando...*

Stiunirio Gama**

Nem sempre a gente tem disposição para escrever. Notadamente quem, por obrigação, esta condenado a viver com a caneta entre os dedos. É o meu caso. Daria, por isso, gostosamente, alguns anos de existência se encontrasse um mortal que me garantisse três meses, ao menos, de divórcio com a pena e com os jornais. Três meses a fio sem ler nem escrever. Uma delícia! Se isso me fosse concedido, entretanto, rescindiria o contrato libertador só para ter a alegria de traçar meia dúzia de períodos a propósito do novo livro de Antonio de Alcântara Machado — **Laranja da China**.

Acompanho, de perto, o jovem e já ilustre prosador há logos anos. Considero-o como se fosse gente minha. É porque o conheço bem é que me sinto autorizado a pô-lo em contato com os meus leitores que, aliás, com ele conversaram, durante muito tempo através das colunas do **Jornal do Comércio**, onde fez a sua estréia vitoriosa. Antonio de Alcântara Machado é diferente da maioria dos nossos escritores. Essa lança livros sobre livros, não resistindo, porém, a uma análise séria. Entende que a literatura é a arte de derramar **um dilúvio de palavras sobre um deserto de idéias.** E enche páginas de frases ramalhudas e ocas. A crítica incipiente e camarada elogia e a onda de autores vazios aumenta. Para que cultura? Para que originalidade? Basta conhecer um poucochinho a língua. O perigo é não saber colocar pronomes. Isso é que os censores não perdoam: Que valem as idéias, que importa o estilo vigoroso, se o plumitivo cochilou e olvidou que o que atrai o pronome se? E como o rigor dos supostos pontífices da crítica nacional não admite atenuantes, a maioria dos nossos escritores, abandona tudo o mais para salvar o pronome...

---

(\*) **Jornal do Comércio**, S. Paulo, 3 de julho de 1928
(\*\*) Pseudônimo de Mário Guastini, crítico literário e diretor do **Jornal do Comércio**, S. Paulo

Antonio de Alcântara Machado, repito-o, é a nota dissonante no concerto harmônico da maioria: salva o pronome e todo o resto. Antes de ingressar na literatura patrícia, estudou a língua e formou a sua cultura. Estudou sem pressa e com vontade. Criança, desaparecia atrás de enormes pilhas de livros. E passou a meninice mergulhado nas suas páginas, que leu e digeriu, cousa que nem todos conseguem. Depois de feita a digestão é que, lépido, sem receios de encontrar obstáculos no caminho das idéias, se apresentou no tablado da imprensa. Mas, quando a isso se resolveu, estava seguro do sucesso. E este foi completo. Do jornal ao livro a distância é pouca. Antonio de Alcântara Machado decidiu vencê-lo. **Pathé-Baby** foi o primeiro passo. Passo decisivo. Não houve opinião discordante. Mesmo aqueles que, influenciados pelas panelinhas tolas, vivem a dizer mal dos que com elas não comungam, não tiveram jeito de negar valor ao distinto escritor, cujo estilo pessoal traçou, em poucas páginas, os perfis de velhas cidades, seriamente comprometidas pela prosa xaroposa e chata de muito cronista despersonalizado. Depois veio **Brás, Bexiga e Barra Funda** —delicioso álbum de chapas paulistas que a objetiva mental de Antonio reteve com os seus mais interessantes e pitorescos detalhes. Outro sucesso. Os eternos intrigantes, não podendo desvalorizar o novo livro do brilhante autor de Pathé-Baby, quiseram nele enxergar irreverências aos **mamelucos**. E enganaram-se redondamente. O espírito de Antonio andou vagando pelos nossos bairros populares apanhando aspectos que ninguém, antes dele, a não ser o lápis privilegiado de Voltolino, se lembrara de registrar.

A respeito desses dois volumes tive o infinito prazer de dizer algumas palavras. Não me seria, pois, lícito, silenciar sobre **Laranja da China,** que acaba de sair elegantemente impresso. Pois este livro confirma os sucessos anteriores. O autor mantém o mesmo equilíbrio. Não se deixou empolgar pelo acolhimento amável dispensado aos dois primeiros. Reapareceu igual. Não repousou sobre as glórias. É o observador irônico a apresentar tipos maravilhosamente estudados. Sem exageros e sem originalidade chocantes Antonio de Alcântara Machado é, acima de tudo, um pintor. Apanha o traço predominante do indivíduo, desenhando-lhe depois a figura. A figura física e mental. **Laranja da China** é um volume de charges. Lapidares. São cento e cinqüenta páginas que a gente lê num fôlego e pede mais. Doze capítulos. Doze tipos diferentes, porém reais. Os nomes são supostos, mas os personagens existem. Andam por aí, às dúzias. Dos títulos, só os títulos convidam à leitura. E diante dos nossos olhos desfila uma dúzia de indivíduos de nomes célebres. Desde o revoltado Robespierre ao tímido José. Cousa velha, dirá o leitor. Engano. Cousa nova. Criaturas novas, que encontramos todos os dias no bonde, no café, na rua, no cinema, ou no lar. duvidam? Passêmo-los, pois, em revista: **O revoltado Robespierre** (senhor Nathanael Robespierre dos Anjos); **O patriota Washington** (Doutor Washington Coelho Penteado); **O filósofo Platão** (senhor Platão Soares); **A** apaixonada Elena (Senhorinha Elena Benedita de Faria; **O inteligente Cícero** (menino Cícero José de Melo de Sá Ramos): **A insigne Cornélia** (Dona Cornélia Castro Freitas); **O Mártir Jesus** (senhor Chrispiano B. de Jesus); **O lírico Lamartine** (Desembargador Lamartine de Campos); **O ingênuo Dagoberto** (seu Dagoberto Piedade); **O aventureiro Ulisses** (Ulisses Serapião Rodrigues); **A piedosa Teresa** (Dona Teresa Ferreira); **O tímido José** (José Borba).

Antonio de Alcântara Machado apresenta, assim, o revoltado, o patriota, o filósofo, a apaixonada, o inteligente, a insigne, o mártir, o lírico, o ingênuo, o aventureiro, a piedosa e o tímido — doze tipos verdadeiros que o autor movimenta magistralmente. Cada um deles é nosso conhecido. É só mudar o título do capítulo. Leiamos junto o **Lírico Lamartine:** "Desembargador. Um metro e setenta e dois centímetros de altura culminando na careca aberta a todos os pensamentos nobres, desinteressados, equânimes. E o fraque. O fraque austero como convém a um substituto profano da toga. E os óculos. Sim: os óculos. E o anelão de rubi. É verdade: o rutilante anelão de rubi. E o todo de balança. Principalmente o todo de balança. O tronco teso, a horizontalidade dos ombros, os braços a prumo. Que é que carrega na mão direita? A pasta. A divina Têmis não se vê, mas está atrás. Naturalmente. Sustentando a sua balança. Sua balança: o desembargador Lamartine de Campos. Aí vem ele.

Paletó de pijama, sim. Um colarinho alto.

— Joaquina sirva o café:

Por enquanto o sofá da saleta ainda chega para dona Hortênsia. Mas amanhã? No entanto o desembargador desliza um olhar misterioso sobre os untos da metade. O peso da esposa sem dúvida possível é o índice de sua carreira de magistrado. Quando o desembargador se casou (era promotor público e tinha uma capa espanhola forrada de seda carmesim) dona Hortênsia pesava cinqüenta e cinco quilos. Juiz municipal: dona Hortênsia foi até sessenta e seis e meio. Juiz de Direito: dona Hortênsia fez um esforço e alcançou setenta e nove. Lista de merecimento: oitenta e cinco na balança da Estação da Luz diante de testemunhas. Desembargador: noventa e quatro quilos novecentas e cinqüenta gramas. E dona Hortênsia prometia ainda. Mais uns sete quilos (talvez nem tanto) o desembargador está aí está feito ministro do Supremo Tribunal Federal. E se depois dona Hortênsia num arranque supremo alargasse ainda mais as suas fronteiras nativas? Lamartine punha tudo nas mãos de Deus.

— Por que está olhando tanto para mim? Nunca me viu mais gorda?
— Verei ainda se a sorte não me for madrasta. Vou trabalhar.

A substância gorda como que diz: às ordens.

Duas voltas na chave. A cadeira giratória geme sob o desembargador. Abre a pasta. Tira o **Diário Oficial**. De dentro do **Diário Oficial** tira o **Colibri**. Abre o **Colibri**. Molha o indicador na língua. E vira as páginas. Vai virando aceleradamente. Sofreguidão. Enfim: **Caixa do Colibri**. Na primeira coluna: nada. Na segunda: nada. Na terceira: sim. Bem em baixo: **Pajem enamorado (S. Paulo) — Muito chocho o terceto final de seu soneto SEGREDOS DE ALCOVA. Anime-o e volte querendo.**

Não?

Segunda gaveta à esquerda. No fundo. Cá está.

Então beijando o teu corpo formoso
Arquejo e palpito e suspiro e gemo
Na doce febre do divino gozo!

Chocho?

Releitura. Meditação (a pena no tinteiro). Primeira emenda: febre ardente em lugar de doce febre.

Chocho?

Mais alma. Mais alma

A imaginação vira as asas do moinho da poesia''

Quantos líricos Lamartines, idênticos ao pintado pelo autor de **Laranja da China**, não são familiares aos diretores de jornais e de revistas?

Antonio de Alcântara Machado — **Laranja da China**. Emp. Gráfica Ltda, S. Paulo, 1928. *

Tristão de Athayde**

Como todos sabem, o sr. Alcântara Machado, que é um dos mais moços e mais originais dos nossos contistas modernos, tem um sabor todo próprio no que escreve. E um senso da realidade extremamente vivo.

Pois bem, lendo este último livro seu, onde há mais pitoresco e mais sátira ligeira do que no "Brás, Bexiga e Barra Funda", onde a "Morte do Caetaninho" era pungente a ponto de nos fazer mal, — lendo o "O Revol-

---

(*)**Estudos**, 3.ª série, Rio de Janeiro, A Ordem ed., 1930
(**)Pseudônimo de Alceu Amoroso Lima

tado Robespierre", por exemplo, que é uma página magistral de espírito, de verdade flagrante, de caráter nosso, a gente se lembra sem querer de Arthur Azevedo. Nunca, evidentemente, a sua prosa teve a graça lépida e sugestiva, o pitoresco espontâneo e nunca aguado da prosa do sr. Alcântara Machado. Mas ambos plantam diante da gente, em meia dúzia de traços, um tipo da vida quotidiana, como poucos são capazes de o fazer. Há neste, aliás, muito mais "intenções" do que havia, na prosa "amena", como ele gostava de dizer, do autor dos "contos fora da moda". No livro do sr. Alcântara Machado não há apenas aquele realismo fácil do outro, embora perca um pouco por ficar também pela superfície. Mas tem muitas páginas, extremamente curiosas, como as do "aventureiro Ulisses", por exemplo. Pois sendo um criador de pitoresco, de tipos fora do comum, um pouco estranhos, um pouco aluados, é sempre de uma naturalidade flagrante e extremamente viva.

## ANTONIO DE ALCÂNTARA MACHADO [*]

José Lins do Rego

O tal movimento modernista de São Paulo já pode muito bem ser estudado sem paixão, uma vez que o tempo esfriou os entusiasmos e as prevenções. É verdade que com as torrentes que ele desencadeou desceu muita porcaria para as várzeas.

Quebraram as chaves de ouro dos sonetos, mas não foi uma rebelião exterior o que os rapazes paulistas tentaram com tanto sucesso. Eles tinham qualquer coisa de íntimo para dizer nos versos e na prosa daquele tempo. E a gente tem que confessar que havia ao par das **blagues** um interesse humano na força de criação deles. Por mais que procurasse a erudição, Mário de Andrade era um poeta de alma, com a vibração lírica que o interesse sectário deturpava o seu bocado. O outro Andrade foi uma espécie de corsário desta guerra, mas um corsário a quem só interessava o cadáver do adversário para tripudiar sobre o pobre. Matou muita gente com ferocidade. Aliás, este gosto pelo assassínio não se amorteceu com a idade. Como os bandidos profissionais, o poeta de **Pau-Brasil** gosta das coleções de orelhas para o deleite de seus bons ócios de letrado. A literatura nas mãos dele é sempre um instrumento de suplício para os seus inimigos. Mas isto já deve estar cansando ao consagrado escritor de **Estrela de Absinto**. Matar em literatura não deixa de ser um ofício cruel. Por isto a sua contribuição na rebelião de São Paulo quase que não interessa hoje. O poeta

---

[*] Datado de 1935, reproduzido em: José Lins do Rego, **Gordos e Magros**, Rio de Janeiro, Casa do Estudante do Brasil, 1944, p. 54-55.

brincava demais, debochava de tudo. E poesia é coisa mais séria, vai mais além da **blague** pela **blague**. O que não se pode negar é que ninguém, na hora da luta, foi mais forte do que ele, fazendo o que ninguém podia fazer. Foi assim admirável na derrubada, mas pouco plantou de grande. E no entanto como ele poucos com a capacidade de fazer coisas definitivas.

Agora, com Antonio de Alcântara Machado foi diferente. Mais moço que os dois Andrades, Alcântara foi o mais brasileiro, o mais direto na formação de sua obra. Enquanto Mário estudava folclore, Alcântara, olhando para a vida, queria ver, sentir como homem. Por isto os seus contos são mais libertados da vontade de brilhar, do imediato. Com Oswald de Andrade ele criou o movimento nativista chamado da Antropofagia. Foram por esse tempo terríveis comedores de carne branca. E muito bispo Sardinha foi devorado em moqueca pela fome canibalesca dos dois. O programa da **Revista de Antropofagia** teria muita coisa que os diretores da Aliança Libertadora poderiam utilizar, com inteligência. No fundo era o imperialismo o que Alcântara, Oswald e Bopp visavam combater.

É desse tempo o **Laranja da China** de Alcântara, livro de contos em uma língua deliciosa. A força de vida dos pobres homens que o escritor captou em suas fontes é desta que lateja à vista. Mas o que nos espanta neste livro é o achado de sua linguagem. O escritor passou **Macunaíma** neste ponto. A língua de **Macunaíma** é um fabuloso apanhado de modismos que chega a dar um dicionário. Mas às vezes a erudição embaraça o grande escritor. O entusiasmo poético, a espontaneidade se perdem. Mário de Andrade subjugou o poeta que ele é. E a língua se resseca, perde o cheiro e o gosto de terra molhada.

A língua de Alcântara é livre, vem de dentro dos seus personagens, se articula com uma pureza admirável. Dele podia ter saído o grande romancista de São Paulo, porque Antonio de Alcântara Machado dispunha como pouca gente do elemento essencial para o romance, que é a capacidade que tem o escritor de se encontrar em intimidade com a vida e não banalizar a vida.

E é ele justamente que morre com trinta e três anos e com um mundo na frente para criar.

## BIBLIOGRAFIA

Edições de **Laranja da China**

1928 — Edição príncipe, 1.ª e única em vida do autor, que deixamos de descrever por apresentá-la em cópia fac-similar.

1944 — 2.ª edição de **Laranja da China** — juntamente com **Brás, Bexiga e Barra Funda**, num só volume, com prefácio de Sérgio Milliet.
14 x 20 cm.                                                                 204 p.

Capa — Porção superior de cor bege: Antonio de Alcântara Machado / abaixo, em letras maiores, vermelhas: Brás, Bexiga e Barra Funda / sobre fundo cinza, ilustração: e Laranja da China / ilustração sem assinatura de fundo acinzentado, mostrando cena de rua: duas crianças e um adulto, em preto e branco, com contorno vermelho. Faixa bege, porção inferior: em vermelho: Livraria / em preto: Martins / em vermelho: editora / abaixo: São Paulo // Verso da capa: orelha / com dados biobibliográficos do autor: Antonio de Alcântara Machado. Página 1, no centro negrito, caixa-alta: Brás, Bexiga e Barra Funda / Abaixo, em tipos menores inclinados: Laranja da China / Carimbado número 105. Página 3: Antonio de Alcântara Machado. Traço curto, sob o nome. Abaixo, Brás. Bexiga e Barra Funda / e / Laranja da China / estrelinha / Introdução de Sérgio Milliet / capa de Clóvis Graciano / estrelinha / Porção inferior da página: Livraria Martins Editora // Páginas 5 a 19 — Prefácio: Antonio de Alcântara Machado / assinado no final: Sérgio Milliet. Página 21: no centro, letras grandes: Brás, Bexiga e / Barra Funda / abaixo, cruzinha / abaixo, em letras menores: Notícias de São Paulo. Páginas 23/24 — Dedicatória: exatamente igual à 1.ª edição, inclusive na disposição gráfica. Página 25/26 — Epígrafe, no meio da página, em caixa-alta. Página 27/28 — citação de trecho de discurso, no meio da página, em caixa-alta. Páginas 29 a 32 — Artigo de Fundo, caixa-alta e negrito / Texto na mesma página. Páginas 33 a 102 — Contos, com o título de cada um no alto da página em que se inicia o texto; sempre se faz abertura de página a cada conto, desprezando-se as porções em branco, quando o final do conto não coincide com o final da página. Página 103/104 — Laranja da China / em tipos grandes, negrito, no centro. Página 105, no centro, em negrito: Para / Alcântara Machado Filho // Páginas 107 a 198: contos, com título no alto da página em que o conto

Capa de Clóvis Graciano para a 2.ª edição de **Brás, Bexiga e Barra Funda** e **Laranja da China**, prefaciada por Sérgio Milliet-1944

Página de rosto da 2.ª edição. Exemplar do Acervo Mário de Andrade do **Instituto de Estudos Brasileiros** da Universidade de São Paulo

se inicia, sendo que sempre se abre página a cada novo conto. Página 199/200 — Índice / abaixo: Brás, Bexiga e Barra Funda: seguem-se os títulos dos contos, e em seguida: Laranja da China / segue-se relação dos contos dos dois volumes reunidos em um só. Página 201 — Canto inferior direito, iniciando-se com uma cruzinha: "Este livro foi composto e impresso nas oficinas da Empresa Gráfica da "Revista dos Tribunais" Ltda., à rua Conde de Sarzedas, 38, S. Paulo, para a Livraria Martins Editora, em setembro de 1944. 2.ª capa — parte interna: continuação na orelha do texto iniciado no verso da 1.ª capa. Na capa externa, dentro de um retângulo: "Seguindo-se à publicação de duas significativas obras de Antonio de Alcântara Machado, Brás, Bexiga e Barra Funda e Laranja da China, agora reunidas em volume único, a Livraria Martins Editora anuncia o lançamento de livros de outros autores nacionais: / seguem-se títulos, após pequeno círculo vermelho: Leréias / abaixo: contos inéditos de Valdomiro Silveira. / Quarteirão do meio / romance de Amadeu de Queiroz / Briguela / romance paulista de Iago Joé / Luisinha / páginas de ficção de Vicente de Carvalho / A Lua / contos de Joel Silveira / Frederico Garcia Lorca / estudo de Edgard Cavalheiro / Luz Mediterrânea / poesias de Raul de Leoni / Nosso Tempo / poemas de Carlos Drummond de Andrade / abaixo, círculo pequeno, vermelho; abaixo: Livraria Martins Editora, em caixa-alta e abaixo, em tipos menores: Rua 15 de Novembro, 135 / espaço, traço, espaço / São Paulo.

1961 — 3.ª edição de Brás, Bexiga e Barra Funda, em **Novelas Paulistanas,** 1.ª edição, juntamente com Mana Maria e Contos Avulsos.
13,5 x 21,5 cm          312 p. e + 1 encarte

Capa — ilustração: bonde com motorneiro, escrito na frente: Brás. Antonio de Alcântara Machado / Novelas Paulistanas / Livraria José Olimpio Editora. 1.ª orelha: O escritor e a crítica — Trechos de João Ribeiro, Múcio Leão, Tristão de Ataíde, Mário de Andrade. 2.ª orelha: Rodrigo Melo Franco de Andrade, Augusto Frederico Schmidt, José Lins do Rego, Sérgio Buarque de Holanda, Assis Chateaubriand. Capa externa: amarela, com "autores brasileiros em edições da / Livraria José Olimpio Editora". Página 1: Novelas Paulistanas. Página 2: Novelas Paulistanas — Prefácio de / Francisco de Assis Barbosa / Capa e ilustrações de / Poty. abaixo: / estrelinha / Livraria José Olimpio Editora S/A. / Guanabara. Avenida Nilo Peçanha, 12. 6.º andar, Rio de Janeiro / Filiais: / São Paulo: Rua dos Gusmões, 100, São Paulo / Pernambuco: Rua do Hospício, 175 / Recife / Minas Gerais: Rua São Paulo, 689, Belo Horizonte / Rio Grande do Sul: Rua dos Andradas, 707, Porto Alegre /. Encarte: Fotografia assinada pelo autor: Antonio de Alcântara Machado, 1924. Abaixo, nascimento e morte indicados: + 25/5/1901 + 14/4/1935 / Retrato do escritor paulista com seu autógrafo. Página 3: página de rosto; acima: Antonio de Alcântara

Capa de Poty - 1.ª edição de **Novelas Paulistanas**, prefaciada por Francisco de Assis Barbosa, 1961

Página de rosto da 1.ª edição de **Novelas Paulistanas**, 1961

Machado, em caixa-alta, preto. Tipos grandes, caixa-alta, vermelho: Novelas / Paulistanas / em tipos menores, preto, caixa-alta: Brás, Bexiga e Barra Funda / Laranja da China./ Mana Maria / Contos Avulsos. Embaixo: Livraria José Olimpio Editora / Rio de Janeiro / 1961. Página 4: "desta 1.ª edição de **Novelas Paulistanas** foram tirados, fora do comércio, 20 exemplares em papel Westerposter assinados por Brasílio Machado Neto." Segue-se assinatura / "Exemplar em papel Westerposter." Página 5: reprodução da capa, com a legenda: Desenho de capa (Reprodução em tamanho reduzido) feito por Poty. Página 6: Tabuada. Nota da editora / Nota sobre Antonio de Alcântara Machado / I — Brás, Bexiga e Barra Funda: segue-se os títulos dos contos. II — Laranja da China: seguem-se os títulos dos contos. III — Mana Maria. IV — Contos Avulsos. Página 7: texto da nota da editora. Página 10, 11, 12 — continuação da nota sem assinatura. Páginas (8) e (9), desenho tomando duas páginas com a legenda: "Bico de pena de Poty para esta edição de contos de Antonio de Alcântara Machado." Página 13 / 49: Nota sobre / Antonio de Alcântara Machado: texto com recuo na margem direita. Assinado: Francisco de Assis Barbosa. Datado de Rio de Janeiro (Leblon) setembro de 1957. Seguem-se iniciais: F. de A. B. Página 50: em tipos grandes, inclinados: Novelas Paulistanas. Página 51: Brás, Bexiga e Barra Funda, ilustrado com figura de homem lendo a **Fanfulla**. Página 52: "Fac-símile da página de rosto da 1.ª edição de Brás, Bexiga e Barra Funda / contos / 1.ª edição (feita pelo autor) Brás, Bexiga e Barra Funda, São Paulo, 1927 / 2.ª edição. Publicado juntamente com outro livro do autor sob o título: Brás, Bexiga e Barra Funda e Laranja da China. Introdução de Sérgio Milliet. Livraria Martins Editora, São Paulo, 1944". Página 59 a 108 — seguem-se contos, sem abertura de páginas no início do texto. Página 109 — ilustração: carro com um adulto e um menino segurando uma bandeirinha na qual vem o título: Laranja da China (1928) / Segue-se dedicatória dos contos: para Alcântara Machado Filho. Página 110: Fac-símile da página de rosto da edição original. Repete observações sobre a 2.ª edição. Seguem-se contos, sem abertura de página, até a página 178. Página 179: Mana Maria, ilustrada com um esboço de mulher. Página 180: Fac-símile da capa da edição original: desenho de Santa Rosa / Abaixo: 1.ª edição / Mana Maria (Romance Inacabado e Vários Contos). Obra póstuma, Livraria José Olímpio Editora, Rio de Janeiro, 1936 / 2.ª edição in Novelas Paulistanas. Texto com número indicando a direita o capítulo, sem abertura de página de 1 a 11, até a página 255. Página 256: branca. Página 257: contos avulsos, com ilustração. Página 258: Nota: "Os "Contos Avulsos" já foram publicados no livro **Mana Maria** / Livraria José Olímpio Editora / Rio de Janeiro 1936. Seguem-se os contos até a página 311, sem abertura de página no início do texto. Página 312: / estrelinha / Este livro foi confeccionado nas oficinas da Empresa Gráfica da "Revista dos Tribunais" à Rua Conde de Sarzedas, 38 São Paulo, / pa-

Capa de Poty para 2.ª edição de **Novelas Paulistanas** (Coleção Sagarana)

ra a Livraria José Olimpio Editora / Rio de Janeiro / concluindo-se a impressão / em fevereiro de 1961".

1971 — 4.ª edição de **Brás, Bexiga e Barra Funda e Laranja da China**, In Novelas Paulistanas — 2.ª edição — (Coleção Sagarana)
12,5 x 18 cm.                                          XLIX + (1) + 206 p.

Capa amarela. Antonio de Alcântara Machado — desenho de um bonde; Brás, na frente. Abaixo, à esquerda, Novelas paulistanas, com círculo branco; à esquerda, 2.ª edição, no canto direito: coleção Sagarana (preto), com cordão preto, abaixo em branco — Livraria José Olímpio Editora. 1.ª orelha — propaganda de Proezas do Menino Jesus, de Luis Jardim. p. I, no meio: Novelas Paulistanas. p. II-III-IV lista "Grandes sucessos populares e literários" (logotipo da coleção Sagarana). Em seguida: "Uma série variada, de feição gráfica moderna e formato cômodo, reunindo livros escolhidos da literatura brasileira e estrangeira (precedidos de notas Bibliográficas e estudos críticos) — Livros de todos os gêneros. Uma coleção organizada para / distrair e instruir" / Volumes publicados / de 1 a 85. p. VI no alto, à esquerda: / logotipo coleção / Abaixo: volume 84, 3 bolinhas pretas. Em coluna, à direita, de cima para baixo: Novelas paulistanas, / espaço / de / Antonio de / Alcântara Machado / bolinha preta / Introdução / de / Francisco de Assis Barbosa, / em caixa-alta / bolinha preta / nota da editora / (dados bibliográficos / de Antonio de Alcântara Machado) / bolinha preta / opiniões da / crítica brasileira / sobre Antonio de Alcântara Machado / bolinha preta / capa e ilustrações / de Poty / bolinha / 2.ª edição / 1971. À esquerda, em coluna: Rio / rua / marquês / de / olinda / n.º 12 / (botafogo) / logotipo da ed. José Olímpio /. p. VII página de rosto: acima: Antonio de Alcântara Machado / mais abaixo até o meio: / Novelas Paulistanas, caixa-alta, grande, negrito. Em tipo menor: Brás, Bexiga e Barra Funda / Laranja da China / Mana Maria / Contos Avulsos / Do meio para baixo: / 2.ª edição /, abaixo: Livraria José Olímpio Editora, em negrito, / rio de janeiro; à direita 4 desenhos em coluna com ilustrações alusivas a cada parte. p. VIII, no meio: "Nota da Editora: Respeitamos a grafia do nome próprio de António de Alcântara Machado — ele adotava a maneira portuguesa, ou seja, o acento agudo — conforme se verifica no autógrafo do saudoso escritor e nos fac-símiles das edições príncipes de seus livros estampados nesta edição". Abaixo, / logotipo da editora / endereços do Rio, São Paulo, Belo Horizonte, Recife, Porto Alegre, Brasília, Curitiba, Salvador. p. IX sumário p. X Bibliografia / De & Cia. sobre / Antonio de Alcântara Machado. p. XIII-XIV: cronologia. p. XV: / logotipo da editora / Nota da editora / Dados bibliográficos do autor / Sem assinatura, datado: Rio de Janeiro, outubro de 1970 / p. 19: Nota sobre / Antonio de Alcântara Machado / Francisco de Assis Barbosa / até p. XLIV, com desenho de Poty intercalado p. XXIV-XXV, datado: Rio de Janeiro

Página de rosto das edições de **Novelas Paulistanas** (Coleção Sagarana). Ilustrações de Poty

(Leblon), setembro de 1957. Assinado à mão: Francisco de Assis Barbosa. p. XLV: Algumas opiniões da crítica brasileira sobre / Antonio de Alcântara Machado. / João Ribeiro / Alceu Amoroso Lima. p. XLVI: Afrânio Peixoto, Agrippino Griecco / Mário de Andrade. p. XLVII: Rodrigo M. F. de Andrade / Sérgio Buarque de Holanda. p. XLVIII: José Lins do Rego / Álvaro Lins. p. XLIX: Assis Chateaubriand. p. (L) retrato com legenda: Retrato do escritor paulista, com seu autógrafo. p. 1: reprodução da capa da 1.ª edição de Novelas Paulistanas, de Poty, com a legenda: 2.ª edição, colocada por engano, em vez de 1.ª edição. A partir daí reproduz exatamente a outra edição de Novelas Paulistanas até o fim com os mesmos desenhos de abertura.

1973 — 5.ª edição de **Brás, Bexiga e Barra Funda** e **Laranja da China** In **Novelas Paulistanas**, 3.ª edição. (Coleção Sagarana)
12,5 x 18 cm.  XLIX + (1) + 206 p.

Capa branca, com ilustração baseada na ilustração interna para Contos Avulsos e na capa da 2.ª edição. Exatamente igual à 2.ª edição (Coleção Sagarana), de 1971, descrita no item anterior.

1976 — 6.ª edição de **Brás, Bexiga e Barra Funda** e **Laranja da China** In **Novelas Paulistanas**, 4.ª edição (Coleção Sagarana)
12,5 x 18 cm.  XXXVI + 204 p.

Capa branca, igual à da 3.ª edição de Novelas Paulistanas (Coleção Sagarana) 1973. A partir desta edição, apesar da aparência semelhante, verificam-se as seguintes alterações: supressão das orelhas, aparecendo impressas diretamente no verso das capas, algumas das críticas que nas edições anteriores ocupavam as páginas XLV a XLIX: João Ribeiro, Alceu Amoroso Lima, Mário de Adrade (sic), Álvaro Lins. Logo foram suprimidas as críticas de: Afrânio Peixoto, Agrippino Griecco, Rodrigo M. F. de Andrade, Sérgio Buarque de Holanda, José Lins do Rego e Assis Chateaubriand. A fotografia do autor que vinha na página (L) foi deslocada para a página (II). Também misteriosamente desapareceu a cronologia que nas edições anteriores de **Novelas Paulistanas**, na mesma Coleção Sagarana, vinha nas páginas XIII e XIV. Houve, portanto, uma redução de 50 para 37 páginas introdutórias, tendo sido suprimido, ainda, o desenho de Poty que vinha nas páginas XXIV e XXV.

1961 — Antologia. Trechos escolhidos — Nossos Clássicos / Antonio de Alcântara Machado / trechos escolhidos / Agir / 1.ª edição.
16,5 cm. x 11,5 cm.  99 + (4) páginas

Ilustração no interior de **Novelas Paulistanas**, 1961 (Poty)

P. (1) Antonio de Alcântara Machado / Trechos escolhidos. P. (2): Desenho com a legenda: Antonio de Alcântara Machado. P. (3), acima: Nossos Clássicos / Publicados sob a direção de / Alceu Amoroso Lima — Roberto Alvim Corrêa / Jorge de Sena // traço, /57/ no meio, tipos grandes: Antonio de Alcântara/Machado / Trechos escolhidos / por / Francisco de Assis Barbosa / estrela / Abaixo: / 1961 / Livraria Agir Editora / Rio de Janeiro //. P. (4) Dados Biográficos. P. (5) Apresentação — até p. 15. P. 17, no meio: / Antologia /. P. 18, acima: Contos, traço duplo horizontal / 1 / Gaetaninho / até p. 21. P. 22: / 2 / Lisetta / até p. 25, na qual começa / 3 / O Revoltado Robespierre / até p. 28. P. 4: /4/ A apaixonada Helena até p. 33, na qual começa /5/ O aventureiro Ulisses / até p. 37. P. 38: / 6 / Apólogo brasileiro sem véu de alegoria / até p. 43. P. 44 a 47: / Romance / Mana Maria // P. 48 a 59: / Notas de Viagem // P. 60 a 83: Jornalismo / P. 84 a 91: / Estudos Anchietanos / P. 92: / Bibliografia do Autor / P. 93-94: Bibliografia sobre o autor / P. 95 a 99: Julgamento crítico / P. 100: Questionário. / P. (101): Índice.

**Edições de contos avulsos**

Publicados antes da edição em livro (**Laranja da China**)

A dança de São Gonçalo. **Terra Roxa e outras terras.** São Paulo, 20 de janeiro de 1926, n.º 1, p. 1.
O revoltado Robespierre. **Terra Roxa e outras terras.** São Paulo, 6 de junho de 1926, n.º 6, p. 2.
Conto de Natal. **Jornal do Comércio,** São Paulo, (Cavaquinho), 25 de dezembro de 1926. (De um livro de contos em execução — Oh! que saudades que eu tenho! . . .)
Conto de Carnaval. **Jornal do Comércio,** São Paulo, (Cavaquinho), 26 de fevereiro de 1927. (Do Laranja da China).
Trio Brasileiro. **Feira Literária,** v. 6. São Paulo, Empresa de Divulgação Literária, junho de 1927.
O aventureiro Ulisses. **Verde,** Cataguases, outubro de 1927, n.º 2, p. 8-9. (datado de São Paulo, agosto de 1927).
O filósofo Platão (Do **Laranja da China**) **Verde,** Cataguases, dezembro de 1927, n.º 4, p. 4-5.

Divulgação após a edição em livro (**Laranja da China**)

A piedosa Teresa (Dona Teresa Ferreira) In Andrade Muricy, **A nova literatura brasileira,** p. 227. Porto Alegre, Globo, 1936.
O inteligente Cícero. **O Cruzeiro,** 25 de dezembro de 1937. Ilustrado.

Ilustração de Poty para a 1.ª edição de **Novelas Paulistanas**. 1961, com a seguinte legenda: "Bico de pena de Poty para esta edição dos contos de Antonio de Alcântara Machado (suprimida a partir da 4.ª edição)

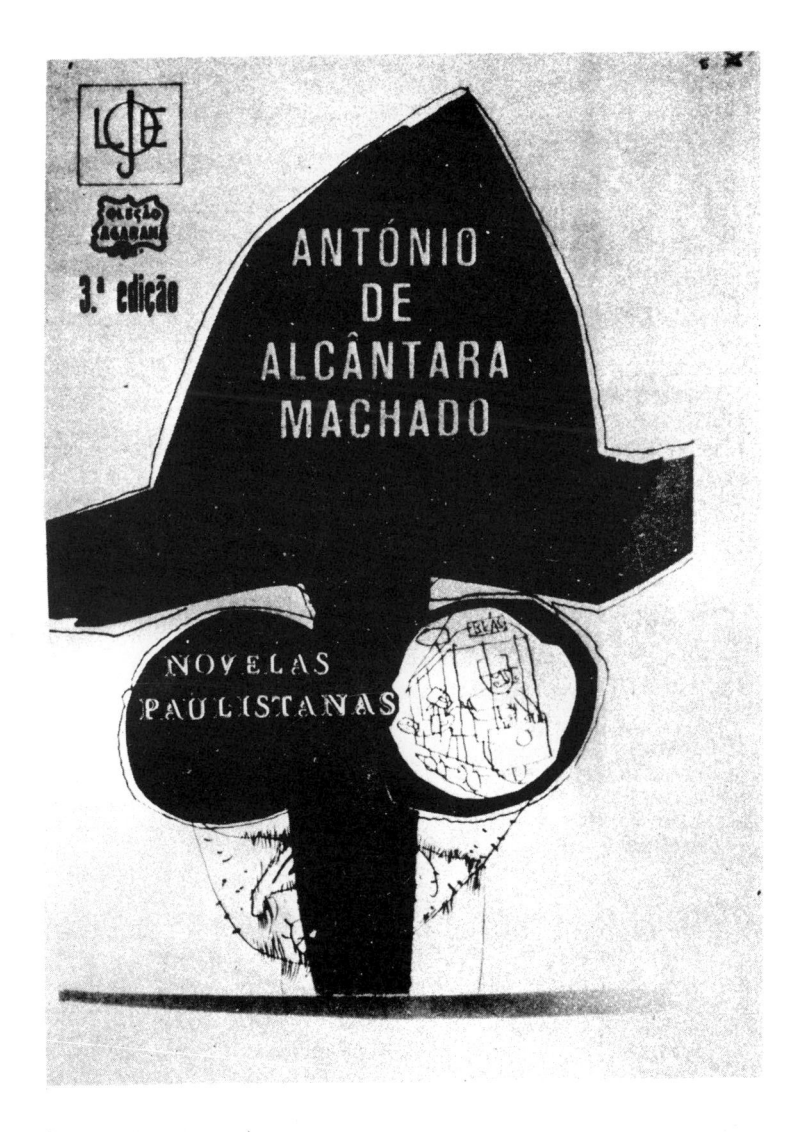

Capa da 3.ª edição de **Novelas Paulistanas**

Página de rosto da antologia de textos de Antonio de Alcântara Machado da Coleção **Nossos Clássicos** da Agir

Ilustração para a reprodução de O inteligente Cicero, Revista **O Cruzeiro** 25 de dezembro de 1937. (Col. de Plinio Doyle)

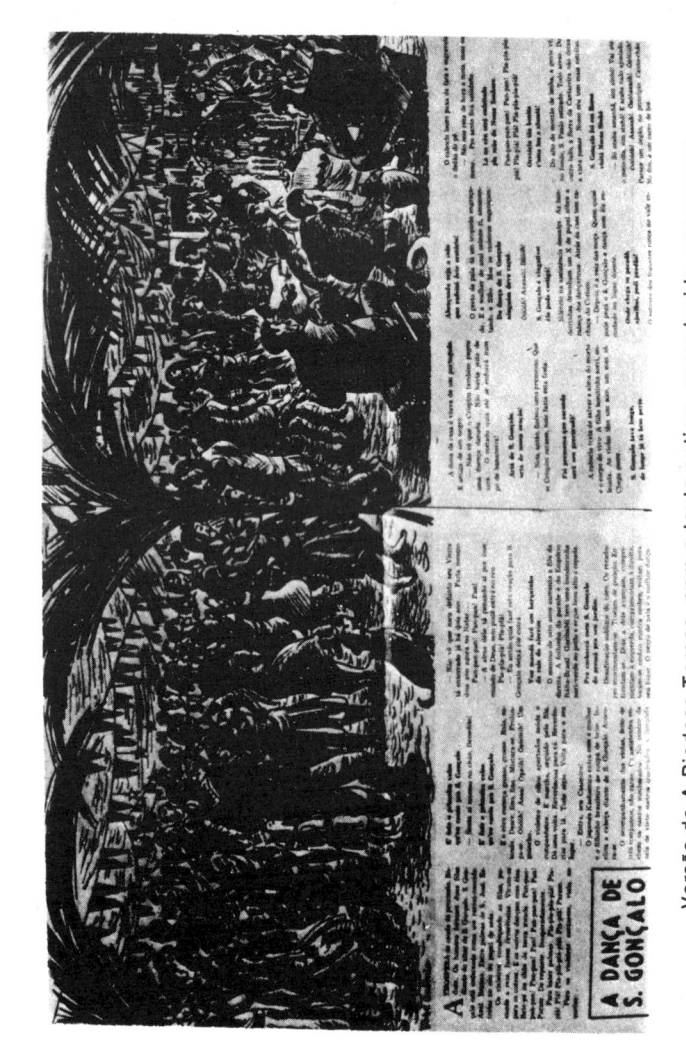

Versão de A Piedosa Teresa, com o texto antigo, reproduzido por engano entre contos esparsos na edição organizada por S. Milliet, em 1936, quando se editou Mana Maria. Ilustração de José Antonio. Revista da Semana, 1945.

A dança de São Gonçalo. In **Mana Maria. Contos avulsos.** Rio de Janeiro, José Olímpio, 1936. (Reproduzido por engano, como inédito em livro.)

A dança de São Gonçalo. **Revista da Semana,** 14 de julho de 1945. Ilustração de José Antonio, p. 28-29.

Bibliografia sobre a obra de Antonio de Alcântara Machado (selecionada)

**De caráter geral**

HOLANDA, Sérgio Buarque de — **Realidade e poesia.** Sobre Antonio de Alcântara Machado. O Espelho, Rio de Janeiro, agosto de 1935 (Reproduzido no volume **Em memória**).

DIVERSOS AUTORES — **Em memória de Antonio de Alcântara Machado.** São Paulo, ed. Pocai, 1936.

MURICY, J. Cândido de Andrade — Antonio de Alcântara Machado. In _____ **A nova literatura brasileira,** Porto Alegre, Globo, 1936 p. 223-231

LINS, Álvaro — Um documento do Modernismo — **Jornal de Crítica,** 1.ª série, Rio de Janeiro, J. Olímpio, 1941, p. 188-196.

CAVALHEIRO, Edgard — Antonio de Alcântara Machado. **Planalto** n.º 7, São Paulo, 15 de agosto de 1941.

LEÃO, Múcio — Autores e Livros. Suplemento n.º 10, v. LV, **A Manhã,** Rio de Janeiro, 16 de maio de 1943 (número dedicado a A. de A. Machado)

MILLIET, Sérgio — Antonio de Alcântara Machado. Prefácio à edição Martins, São Paulo, 1944 (reúne **Brás, Bexiga e Barra Funda e Laranja da China**).

RIEDEL, Dirce Cortes — 3. Alcântara Machado. In _____ Experimentalismo. In A. Coutinho ed. **A literatura no Brasil.** V. 5. Modernismo. Rio de Janeiro, ed. Sul Americana S.A., 1970, 2.ª ed., p. 269.

REGO, José Lins do — Antonio de Alcântara Machado. In _____ **Gordos e Magros,** Rio de Janeiro, Casa do Estudante do Brasil, 1944, p. 54-56.

GRIECCO, Agripino — Biógrafos, etc. In _____ **Gente nova do Brasil,** Rio de Janeiro, José Olímpio, 1948.

SALDANHA COELHO, José — Antonio de Alcântara Machado. In _____ ed., **Revista Branca.** Modernismo. Rio de Janeiro, 1954.

LEÃO, Múcio — Antonio de Alcântara Machado. **O Tempo,** São Paulo, 17 de abril de 1935.

MILLIET, Sérgio — Antonio de Alcântara Machado e a revolução de 22. **Tribuna da Imprensa**, Rio de Janeiro, 15 de abril de 1955.

CAVALHEIRO, Edgard — O paulista Antonio de Alcântara Machado. Tribuna de Letras. **Tribuna da Imprensa**, Rio de Janeiro, 16 de abril de 1955.

PACHECO, João — Antonio de Alcântara Machado. In _____ **Pedras várias**, São Paulo, Conselho Estadual de Cultura — Comissão de Literatura. 1959.

BARBOSA, Francisco de Assis — Nacionalismo e Literatura. In _____ **Achados do Vento**, MEC — INL, Biblioteca de Divulgação Cultural Série A, v. XV, Rio de Janeiro, 1959, p. 13-52.

BARBOSA, Francisco de Assis — Nota sobre Antonio de Alcântara Machado. Cronologia — Introdução a **Novelas Paulistanas**, Rio de Janeiro, José Olímpio, 1961, 1.ª edição. (datado de 1957. Reproduzido nas sucessivas edições de **Novelas Paulistanas**)

BARBOSA, Francisco de Assis — Dados biográficos e apresentação. **Antonio de Alcântara Machado. Trechos escolhidos**, Nossos clássicos, Rio de Janeiro, Agir, 1961.

CASTELLO, J. Aderaldo e Antonio Cândido — **Presença da Literatura Brasileira**. Modernismo, v. 3. Difusão Européia do Livro, São Paulo, 1964, p. 135-149.

ALZER, Célio — Antonio de Alcântara Machado. Ilustre e desconhecido. **Jornal do Brasil**, Caderno B, Rio de Janeiro, 17 de maio de 1969.

MACHADO, Luiz Toledo — **Antonio de Alcântara Machado e o Modernismo**. Rio de Janeiro, José Olímpio, 1970.

BRITO, Mário da Silva — Alcântara Machado. In _____ A revolução modernista. In. A. Coutinho ed. **A literatura no Brasil**. Modernismo, v. 5, Rio de Janeiro, ed. Sul América, 2.ª ed., 1970.

ATAÍDE, Vicente — A ficção de Antonio de Alcântara Machado. **Minas Gerais**, 30 de outubro de 1971, Suplemento Literário.

BOSI, Alfredo — O prosador do modernismo paulista: Alcântara Machado. In **História Concisa da Literatura Brasileira**, 1974, 2.ª edição, p. 420-422.

**Sobre aspectos específicos**

DONATO, Mário — Gaetaninho não morreu. **Para Todos** n.º 18, fevereiro de 1957.

GUIMARÃES FILHO, Alphonsus — Relendo Antonio de Alcântara Machado. **Correio Brasiliense**, Brasília, 11 de outubro de 1969.

OLIVEIRA, Franklin de — **O bloqueio**. **Correio Mercantil**, Rio de Janeiro, 8 de maio de 1971.

STIUNIRIO GAMA (Mário Guastini). Focalizando... **Jornal do Comércio**, São Paulo, 3 de julho de 1927.

MACHADO, Antonio de Alcântara — **Laranja da China**, São Paulo, 1928. In _____ 3 poetas e 2 prosadores. REVISTA DE ANTROPOFAGIA. 1.ª fase n.º 3, julho de 1928, p. 4. (Resenha do próprio autor).

RIBEIRO, João — **Laranja da China**. **Jornal do Brasil**, 24 de outubro de 1928. (Publicado novamente em _____ **Os Modernos**. Crítica. Rio de Janeiro, ed. da Academia Brasileira de Letras, 1952.

ATHAYDE, Tristão (Alceu Amoroso Lima) — Antonio de Alcântara Machado. **Laranja da China**. Emp. Gráfica Ltda. São Paulo. In _____ **Estudos, 3.ª série, Rio de Janeiro, A Ordem** ed., 1930.

REGO, José Lins do — Alcântara Machado. In _____ **Gordos e Magros**. Casa do Estudante do brasil, Rio de Janeiro, 1944, p. 54-56.

ALMEIDA, FISHER — **Algumas considerações sobre Laranja da China** — **Minas Gerais**, 3 de junho de 1978. Suplemento Literário.

Este livro LARANJA DA CHINA de António de Alcântara Machado é o volume 3 da Edição Fac-Similada da Obra de António de Alcântara Machado. Capa Cláudio Martins. Impresso na Editora Gráfica Líthera Maciel Ltda, a Rua Simão Antônio, 157, Contagem, para Livraria Garnier, a Rua São Geraldo, 53 - Belo Horizonte - MG. No Catálogo geral leva o número 3131/1B. ISBN 85-7175-075-0.

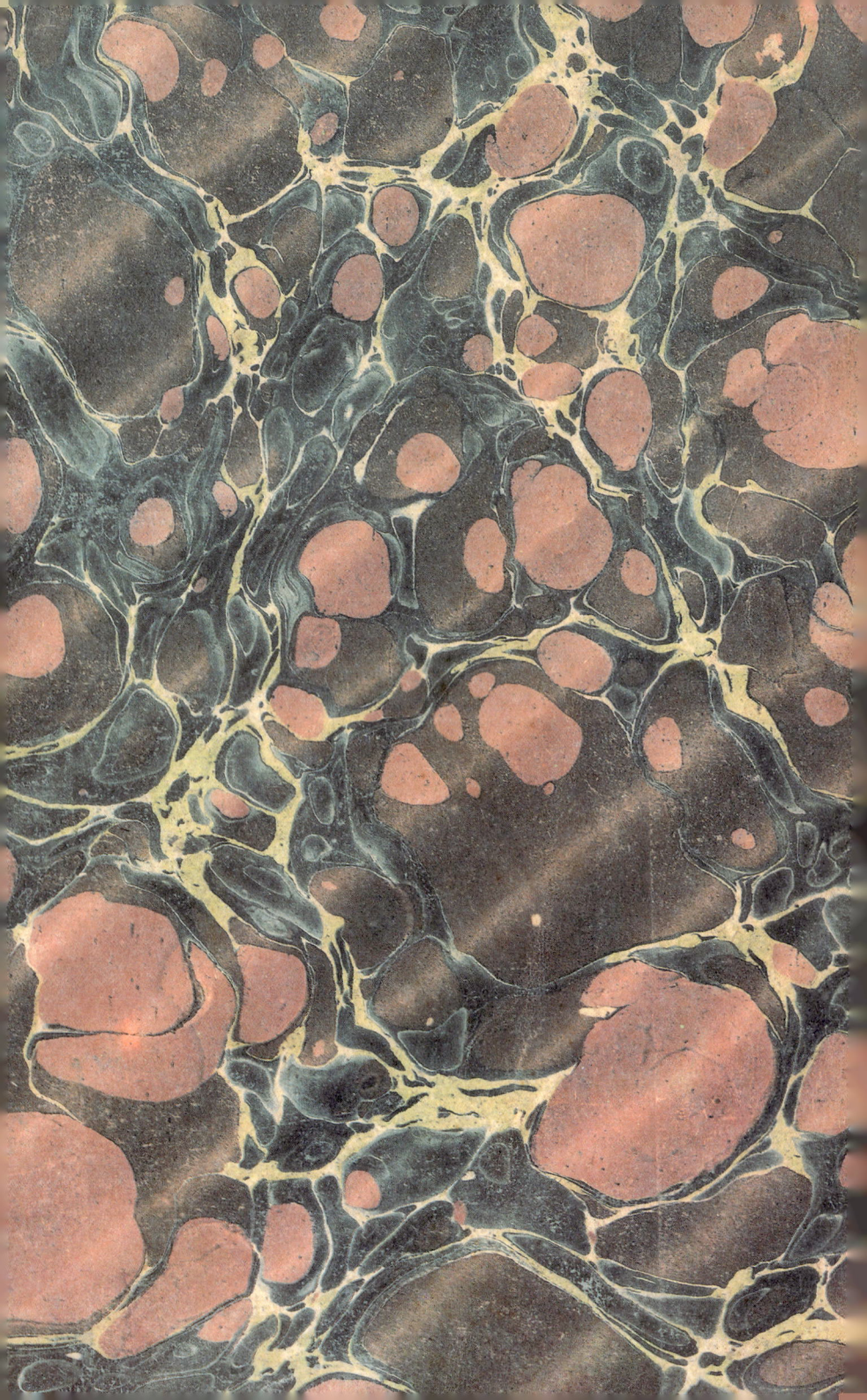